Astro-Vitrine – Der Krebs

Aries. leo. sagittarius. sunt calida et sicca collerica masculina. Orientalia.

Taurus. virgo. capricornus. sunt frigida et sicca melancolica feminina. Occidentalia.

Gemini. aquarius. libra. sunt calida et humida masculina sanguinea. Meridionalia.

Cancer. scorpius. pisces. sunt frigida et humida flemmatica feminina. Septentrionalia.

Astro-Vitrine

DER KREBS

von
Mark Noldren

Astropsychologische Beratung
durch
Christel Jäck
dipl. Psychologin

AT Verlag Aarau · Stuttgart

Der Krebs.

Kinder im Krebs gebohren, haben ein scharf und subtil Gedächtniß, grossen Verstand, ein ernsthaften Muth, sind aufrichtig, hassen alle Laster und lieben die Tugend, haben Glück, doch unbeständig.

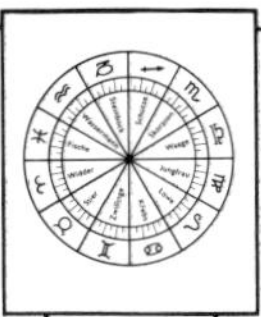

Inhalt

Holzschnitt aus einem Nürnberger Kalender von 1515

Was bringt die Astrologie dem Menschen

Seine Geburt oder dies und jenes, was einer getan hat, stand unter einem guten oder einem ungünstigen Stern. Dies sind Redensarten, die uns im Alltag immer wieder zu Ohren kommen. Aber sind es lediglich Redensarten? Jedermann weiss, dass beispielsweise der Mond einen grossen Einfluss auf die Ozeane ausübt und die Gezeiten – Ebbe und Flut – bewirkt. Auch das Wetter ändert sich oft nach einer längeren Schön- oder Schlechtwetterperiode bei Mondwechsel. Und selbst wir Menschen glauben manchmal, feine Veränderungen in unserem Gemütszustand oder unserem körperlichen Befinden feststellen zu können, je nach der Phase des Mondes. Wäre es also nicht auch möglich, dass andere, grössere Gestirne, die Sonne und die Planeten, die uns von allen Himmelskörpern zusammen mit dem Mond am nächsten sind, einen Einfluss auf uns Menschen ausüben könnten?
Viele Menschen sträuben sich gegen diesen Gedanken. Auf der einen Seite sind es die streng Gläubigen, die eingedenk des Bibelverses von den Haaren auf dem Kopf, von denen keines ausfällt, ohne dass es Gottes Wille ist, es als Vermessenheit oder gar als Sünde betrachten, anzunehmen, dass etwas anderes als allein die Hand Gottes unsere Geschicke lenke. Auf der andern Seite sind es jene, die nicht an einen christlichen Gott glauben und die Freiheit für ihr Tun und Handeln und ihr So-und-nicht-anders-Sein in vollem Umfang für sich selbst beanspruchen, wobei dann allerdings oft bei einem Versagen die Schuld ausserhalb seines Selbst gesucht wird.
Haben nicht beide vielleicht ein bisschen recht – und zugleich auch unrecht?
Um dies zu beantworten, müssen wir zuerst einmal mit falschen Vorstellungen und Vorurteilen aufräumen. Wenn wir sagen, dass die Planeten im Augenblick unserer Geburt auf das spätere Leben des Menschen einen Einfluss ausüben, so heisst dies nicht, dass jeder unserer Schritte von der Konstellation der Planeten abhängt. Sie bewirkt eine Prägung, drückt gleichsam unserem Wesen und Charakter einen Stempel auf. So entsteht eine Vorgabe, genau so wie auch bei der Vererbung, wo uns die Erbeigenschaften, die wir auf unsern Lebensweg mitbekommen, in die Chromosomen eingeprägt sind. Sie – die Erbanlagen, die Erziehung, die Zwänge der Gesellschaft, das Milieu, in dem wir aufwachsen und leben, – bestimmen unsern Lebensweg mit. Vielleicht möchte einem da wirklich grauen, so wie Egmont, den Goethe in seinem Drama so schön sagen lässt: «Wie von unsichtbaren Geistern gepeitscht, gehen die Sonnenpferde der Zeit mit unsers Schicksals leichtem Wagen durch; und uns bleibt nichts, als mutig gefasst die Zügel festzuhalten und bald rechts, bald links, vom Steine hier, vom Sturze da, die Räder wegzulenken.»
Vielleicht ist die Freiheit, unsern Wagen

zu lenken, doch etwas grösser, als Egmont vermeint. Millionen persönlicher Entscheide müssen oder dürfen wir während unseres Lebens treffen, um mehr oder weniger sicher und unbeschadet ans Ziel zu gelangen. Auch Egmont erkennt diese Freiheit, «mutig gefasst die Räder vom Sturze wegzulenken».

Die Astrologie enthebt uns keineswegs von unserer persönlichen Verantwortung und beraubt uns nicht der «Freiheit eines Christenmenschen», wie Martin Luther es genannt hat. Wir dürfen also die Schuld für unser (Fehl-)Verhalten nicht einfach auf die Planeten abschieben, so wie wir auch nicht wie gelähmt ein Schicksal über uns ergehen lassen müssen im Glauben, alles, was uns widerfahre, sei in den Sternen vorgezeichnet.

Tierkreis und Charakter

Die Erfahrung, die nicht nur Astrologen gemacht haben, sondern die jeder von uns ebensogut sammeln kann, zeigt, dass Menschen, die unter einem bestimmten Tierkreiszeichen geboren wurden, ganz bestimmte vorherrschende Eigenschaften aufweisen. Da es zwölf verschiedene Tierkreiszeichen gibt, könnte man leicht zu dem Glauben neigen, dass es demzufolge auch zwölf Gruppen von Menschen gebe, innerhalb deren alle Menschen genau die gleichen Eigenschaften und also auch das gleiche oder zumindest ein ähnliches Schicksal haben müssten, dass beispielsweise alle Wassermann-Typen einander ähnlich sein müssten oder gar einander gleichen wie ein Ei dem andern.

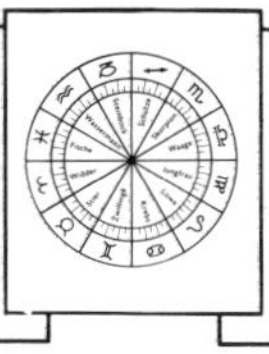

Da dies ganz offensichtlich nicht der Fall ist, wird dieser Tatbestand oft als Argument wider die Astrologie gebraucht. Nun müssen wir aber folgendes wissen: Wenn wir sagen, dass ein Mensch in diesem oder jenem Tierkreiszeichen geboren wurde, dann heisst das nichts anderes, als dass zur Zeit seiner Geburt die Sonne in dem betreffenden Tierkreiszeichen stand. Nun spielen aber auch noch andere Dinge eine Rolle, so zum Beispiel der sogenannte Aszendent. Wir werden darauf noch zurückkommen. Da es auch zwölf verschiedene Aszendenten gibt, splittern sich die zwölf Gruppen vorerst einmal gleich schon in 144 Untergruppen auf. Hinzu kommt aber auch noch, dass es Mischtypen gibt, das heisst, wer ganz am Anfang oder Ende eines Tierkreises, also zum Beispiel am 26. Februar oder am 19. März geboren wurde, der wird kein «reiner» Fisch-Typ sein, sondern Einflüsse des Wassermanns beziehungsweise des Widders feststellen können.

Damit nicht genug. Der Charakter des Menschen wird ja nicht allein vom Stand der Planeten bei seiner Geburt gebildet. Wie wir schon erwähnt haben, spielen da noch viele andere Faktoren mit. Von der Vererbung war die Rede. Manche bestreiten allerdings auch, dass es eine Vererbung auf geistig-seelischem Gebiet gebe. Dass ein Kind dem einen oder andern Elternteil gleicht oder von beiden «etwas mitbekommen» hat oder auch der Grossmutter ähnlich sehen kann, steht ausser Zweifel. Vielleicht haben Sie aber auch schon an Ihren Kindern oder an sich selber Charakterzüge, Verhaltensweisen, Reaktionen, Bewegungen feststellen können, die Ihre Kinder von Ihnen oder Sie von Ihrem Vater oder Ihrer Mutter übernommen haben und die nicht einfach abgeguckt und nachgeahmt sein können, sondern offensichtlich von innen heraus kommen. Heute weiss man auch, dass tiefgreifende Erlebnisse der Mutter während der Schwangerschaft sich auf das noch ungeborene Kind auswirken, sich in ihm einprägen und so sein späteres Leben beeinflussen können.

All diese Faktoren, die unsern Charakter bestimmen, bilden die Basis, auf der weitere Prägungen nach unserer Geburt geschehen. Das setzt ein mit der Erziehung, nicht nur mit der aktiven, die in Belohnen (z. B. Streicheln) und Strafen (z. B. Drohfinger) beim Kleinkind, in Ratschlägen, Belehrungen, Mahnungen besteht, sondern auch mit der passiven, dem, was wir einem Kind vorleben. Und das geht weiter mit der Erziehung durch das Leben selbst, die uns durch Erfahrungen – gute und böse – zuteil wird.

So «erleidet» jeder Mensch sein ureigenes Schicksal, das uns prägt, das unsern Charakter bildet, so dass eben kein Mensch dem andern gleich ist.

Aber kommen wir zurück zur Astrologie, zu unsern Tierkreiszeichen. Vielleicht haben Sie schon andere Bücher gelesen, in denen Ihre Charaktereigenschaften aufgrund der Zugehörigkeit zu Ihrem Tierkreiszeichen geschildert sind. Dann haben Sie doch sicher schon gestaunt, wie viel davon auf Sie zutrifft. Gewiss nicht alles. Aber meist ist es doch so, dass die Leute sagen können, 60 bis 70 oder gar 80 Prozent von dem, was da steht, trifft auf mich zu, der Rest allerdings nicht. Wenn ich nun aber die Eigenschaften der andern Tierkreistypen lese, dann sind es vielleicht nur 20 oder 30 Prozent, die auch ich für mich in Anspruch nehmen könnte. Vielleicht aber stossen Sie, lieber Leser, bei einem andern Tierkreiszeichen auf Charakteristiken, die doch mehr als bei allen andern auch auf Sie zutreffen. Das könnte dann durchaus darin seinen Grund haben, dass es das Zeichen Ihres Aszendenten ist. Wenn Sie nicht wissen, was das bedeutet, dann lesen Sie zuerst das kleine Kapitel auf Seite 14, und nachher berechnen Sie aufgrund der Tabellen auf den Seiten 59–63 Ihren Aszendenten. Das ist ganz leicht, wenn Sie Ihre Geburtszeit kennen.

Das Horoskop

Was ist nun aber ein Horoskop? Davon haben wir bis jetzt noch gar nicht gesprochen, obschon die meisten Menschen sofort an Horoskope denken, wenn von Astrologie die Rede ist.
Horoskope – sind das nicht jene wöchentlich in den Zeitschriften erscheinenden Rubriken, die meist nur dazu da sind, um die Leser «bei der Stange zu halten», und die uns mitteilen wollen, ob die nächsten Tage uns Erfolg in der Liebe oder im Beruf bringen, ob wir neue Bekanntschaften schliessen werden, Reisen unternehmen oder doch lieber davon absehen sollten, ob wir eine glückliche Hand in Geld- und andern Sachen haben werden? Wenn solche Horoskope zutreffen würden, dann müssten wir allerdings annehmen, dass jeweils für jeden zwölften Menschen auf der ganzen Welt immer dasselbe eintreffen, sie alle sich immer gleich verhalten müssten. Das ist natürlich Unsinn, auch wenn – nach dem Gesetz der Wahrscheinlichkeit – ab und zu eine solche Prophezeihung in Erfüllung geht. Man sollte wirklich sein Leben nicht nach solchen Horoskopspalten in den Zeitschriften ausrichten.
Ein Horoskop hat nur dann einen Sinn, wenn es für einen bestimmten Menschen aufgrund seines bestimmten Geburtsdatums gestellt worden ist. Ein solches ausführliches Lebenshoroskop gilt dann nur für ihn und keinen andern Menschen.
Und was sagt dann ein solches Horoskop? Sagt es ihm die Zukunft voraus? Mitnichten! Es hält vor allem einmal fest, welche Eigenschaften, Charakterzüge sein Wesen prägen. Es kann auch einiges aussagen über seine Neigungen, Vorlieben, über seine schwachen Stellen, Anfälligkeiten für Krankheiten. Es macht also sichtbar, welche Voraussetzungen für unser Leben in uns schlummern. Manches ist uns vielleicht schon bewusst, anderes wiederum taucht erst durch ein solches Horoskop aus unserem Unbewussten an die Oberfläche. Hier bestehen also auch Berührungspunkte mit der Psychologie. Was wir kennen, macht uns auch weniger Angst. Und mit weniger Angst bekommen wir auch weniger Frustrationen, Komplexe, Krankheiten. Körperliche Krankheiten haben ja sehr oft ihren Ursprung in seelischen Konflikten, und diese hinwiederum entstehen meist aus Unbewusstem oder ins Unterbewusstsein Verdrängtem. Ein persönliches Horoskop kann uns also helfen, uns selber zu verstehen, es kann uns den Mut geben, dort besonders aktiv zu sein, wo unsere vielleicht bis jetzt verborgenen Stärken liegen, und vorsichtig zu sein, wo wir Schwachstellen aufweisen. Es kann uns in unserer Berufswahl bestärken, das Horoskop eines Kindes kann uns vielleicht bei

Der nördliche Sternhimmel

der Erziehung nützlich sein. Ein Partnerschaftshoroskop von zwei Menschen, von denen die Geburtszeit bekannt ist und das die Voraussetzungen für das Zusammensein in Ehe oder Beruf beurteilt, kann uns hilfreich sein. Ein einzelnes Horoskop kann uns aber nie sagen, ob wir eine «gute Partie» machen, ob wir in der Ehe glücklich oder unglücklich sein werden, ob wir einmal reich oder arm sein werden oder gar unsern Tod voraussagen. Heute gibt es die Möglichkeit, sich ein Horoskop durch Computer ausdrucken zu lassen. Das ist gar nicht so dumm, wie es sich im ersten Moment anhört. Denn der Computer ist – das ist natürlich Voraussetzung für ein gutes Horoskop – von Fachleuten programmiert. Da kann nichts hineingeheimnist werden. Wenn Sie aber direkt bei einem Astrologen ein Horoskop machen lassen, und wenn dann in dem Horoskop konkrete Vorhersagen stehen, dann müssen Sie aufpassen. Entweder haben Sie es dann mit einem Scharlatan zu tun oder aber mit jemand, der nebst seinen astrologischen Kenntnissen noch mediale Fähigkeiten hat. Dann hat er diese Prophezeihungen, die er in das Horoskop einfliessen lässt, nicht aus den Sternen, sondern aus seiner hellseherischen Fähigkeit oder einfach aus seiner Intuition, die ihn aus dem, was Sie ihm erzählt haben, Zusammenhänge erkennen lässt, die fast zwangsläufig zu den und den Folgen führen müssen.
Vielleicht sagen Sie sich aber auch: Wozu brauche ich ein Horoskop? Ich kenne mich gut genug. Das mag sein. Aber wenn uns einmal all das, was wir selber in uns spüren, aber gerne verdrängen, weil wir doch so manches nicht wahrhaben möchten, schwarz auf weiss vorgehalten wird, dann spornt uns das vielleicht an, gegen unsere negativen Eigenschaften, gegen unsere innere Trägheit zu kämpfen.
Schön und gut: Das habe ich auch bisher schon ohne Horoskop, ohne Lektüre astrologischer Bücher getan. Dann kann man Ihnen nur gratulieren. In diesem Fall brauchen Sie gar kein persönliches Horoskop, Sie brauchen vielleicht nicht einmal ein solches Buch, wie Sie es jetzt gerade in Ihren Händen halten.
Dieses Buch kann und will ja auch nicht so sehr in die Tiefe gehen wie ein persönliches Horoskop. Aber dass Sie dieses Buch angefangen haben zu lesen, zeigt doch, dass Sie interessiert, ein bisschen neugierig sind, was über Sie und alle, die im gleichen Zeichen geboren sind, geschrieben steht. Ein erstes Blättern im Buch hat Ihnen vielleicht auch nur den Appetit geweckt, sich ein wenig durch Text und Bilder unterhalten zu lassen und, dadurch angeregt, wieder einmal einen Blick in Ihr Inneres zu werfen und über sich selbst oder einen Freund, eine Freundin oder ein Angehöriges, mit dem Sie eine geistig-seelische Beziehung verbindet, nachzudenken. Genau das ist es, was wir mit diesem Buch bewirken möchten. Es gibt andere Bücher, die tiefer und gründlicher in die Probleme der Astrologie eindringen, die alle nur möglichen Aspekte behandeln. Dies ist kein Lehrbuch der Astrologie. Es will Ihnen gleichsam einen Spiegel vorhalten und Sie fragen, ob Sie sich darin erkennen können. Wenn Sie – sicher auch da und dort mit Vorbehalten – ja sagen können, dann werden Sie ein Gefühl von Genugtuung, ja Freude empfinden. Und dann hat dieses Buch auch schon zu einem grossen Teil seinen Zweck erfüllt.

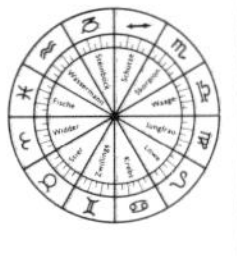

Der Tierkreis

Da dieses Buch wie erwähnt kein Lehrbuch der Astrologie sein will, verzichten wir auf die Beschreibung, wie ein individuelles Geburtshoroskop gemacht wird. Darüber gibt es genügend gute Literatur. Aber bevor wir einen Überblick geben über die Eigenschaften und Wesenszüge, die die einzelnen Tierkreistypen auszeichnen, müssen wir doch zuerst eine einfache Erklärung darüber geben, was ein Tierkreis, man nennt ihn auch Zodiac, ist und in welche Perioden er aufgeteilt ist. Dann wollen wir auch noch, wie versprochen, auf den Aszendenten eingehen und erläutern, was man darunter zu verstehen hat. Schliesslich wollen wir Ihnen aber auch die andern wichtigsten Zusammenhänge so einfach wie möglich erklären. Erst wenn Sie sehen, woher die Astrologie all ihre Erkenntnisse und Deutungen nimmt, wird Ihnen gar manches, vielleicht mit Erstaunen, klarwerden. Versuchen Sie beim Lesen, sich immer wieder Ihre eigene Persönlichkeit oder Bekannte, deren Tierkreiszeichen Sie kennen, vorzustellen. Sie werden in manchem sich oder die andern wiedererkennen.

Die Sonne

Von der Erde aus gesehen, beschreibt die Sonne auf ihrem vermeintlichen Weg um die Erde einen Kreis von 360°. Diese Sonnenbahn nennt man Ekliptik. Sie zieht sich scheinbar vor dem Hintergrund der Gestirne hin. Nun wissen wir, dass schon von alters her Gruppen von heller leuchtenden Fixsternen zu Sternbildern «zusammengefügt» wurden. Die Astrologie hat nun den gestirnten Himmel entlang der Ekliptik in zwölf gleich grosse Teile zu je 30° aufgeteilt. Zu jedem dieser zwölf Teilstücke gehört ein Sternbild. Auf Seite 19 sehen Sie die zwölf auf der Ekliptik liegenden Sternbilder, zum bessern Erkennen durch Striche verbunden. Da sich die Neigung der Erdachse – wie bei einem sich drehenden Kreisel – im Laufe der Jahrtausende gegenüber dem gestirnten Himmel leicht verändert hat, stimmen die astrologischen Tierkreiszeichen mit den entsprechenden Sternbildern am Himmel nicht mehr überein. Dies braucht uns jedoch nicht zu irritieren, denn für das Horoskop ist die Stellung der Planeten innerhalb des einmal festgelegten Abschnitts wichtig. Wie der Hintergrund, vor dem sie sich bewegen, genannt wird, spielt eigentlich keine Rolle. Deshalb hält sich die Astrologie an die festgelegten Begriffe, oder besser gesagt: Symbole.

Weil die Erde in einem Jahr einmal um die Sonne kreist, sehen wir von unserem irdischen Standort aus die Sonne nach Ablauf von ungefähr dreissig Tagen immer wieder vor einem andern Teilstück – einem Zwölftel – des gesamten Tierkreises. Die einzelnen Tierkreiszeichen durchläuft die Sonne in den nachstehenden Perioden:

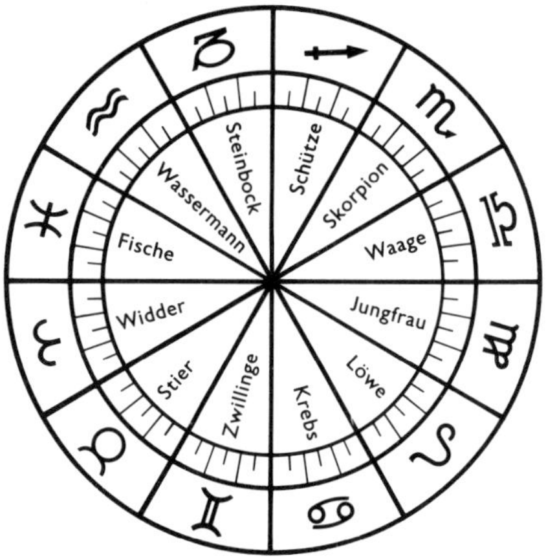

Widder
vom 21. März bis 20. April
Stier
vom 21. April bis 21. Mai
Zwillinge
vom 22. Mai bis 21. Juni
Krebs
vom 22. Juni bis 22. Juli
Löwe
vom 23. Juli bis 23. August
Jungfrau
vom 24. August bis 23. September
Waage
vom 24. September bis 23. Oktober
Skorpion
vom 24 Oktober bis 22. November
Schütze
vom 23. November bis 22. Dezember
Steinbock
vom 23. Dezember bis 20. Januar
Wassermann
vom 21. Januar bis 18. Februar
Fische
vom 19. Februar bis 20. März

Durch Schaltjahre ergeben sich kleinere Verschiebungen. Wer am ersten oder am letzten Tag einer Tierkreisperiode geboren wurde, müsste sich also, um sicher zu sein, sein genaues Tierkreiszeichen errechnen lassen. Da solche Menschen aber ohnehin den Mischtypen angehören, bei denen auch das benachbarte Zeichen mithineinspielt, ist dies hier nicht so sehr von Bedeutung. Wenn Sie zu einem solchen Typ gehören, dann lesen Sie jeweils besonders aufmerksam auch das, was in diesem oder ausführlicher im entsprechenden Band über das benachbarte Tierkreiszeichen geschrieben steht.

Der Aszendent

Während die Sonne also ein Tierkreiszeichen in einem Monat durchwandert, erscheint im Lauf eines 24-Stunden-Tages naturgemäss alle zwei Stunden ein neues Tierkreiszeichen am östlichen Horizont.

Dies ist der Aszendent. Das Wort kommt vom Lateinischen ascendere (aufsteigen). Für unser individuelles Lebenshoroskop ist es nun wichtig zu wissen, in welchem Aszendenten unsere Geburtszeit liegt, oder anders gesagt, welches Tierkreiszeichen im Augenblick unserer Geburt sich gerade über dem östlichen Horizont erhebt, ja noch genauer, wie viele Grade dieses Kreissegmentes sich schon über den Horizont erhoben haben und wie viele noch unter dem Horizont stehen. Da unser Leben genau in der Sekunde unseres ersten Atemzuges geprägt wird, verstehen wir nun, dass es wichtig ist, die genaue Uhrzeit unserer Geburt zu kennen. Eine Differenz von einigen Minuten bringt schon eine leichte Verschiebung des Aszendenten mit sich.

Der Mond

Ein wichtiger Punkt für die Erstellung eines Horoskops ist auch die Stellung des Mondes. Es kommt also immer auch darauf an, in welchem Zeichen der Mond zur Zeit unserer Geburt stand.

Der Meridian

Als Medium Coeli (Himmelsmitte) wird der Punkt bezeichnet, der sich im Augenblick unserer Geburt senkrecht über uns, also im Zenit, befindet. Die Linie von unserem Geburtsort zum Zenit nennen wir Meridian. Dieser schneidet ebenfalls ein Tierkreiszeichen, das – nach Meinung vieler Astrologen – eine ebenso wichtige Bedeutung hat wie der Aszendent.

Die Häuser oder Felder

Um ein persönliches Horoskop erstellen zu können, wird der Tierkreis in zwölf Felder oder Häuser aufgeteilt. Diese können unterschiedlich gross sein. Man geht dabei vom Aszendenten, und zwar genau vom Stand zum Zeitpunkt der Geburt aus und numeriert sie im Gegenuhrzeigersinn von I–XII. Wie die Abbildung zeigt, stimmen also die Häuser nicht mit den Tierkreiszeichen überein. Es spielt jedoch eine Rolle, ob ein Tierkreiszeichen von einer Häuserspitze berührt wird oder nicht, und ob ein Haus besetzt ist und mit welchem oder welchen Planeten es besetzt ist.

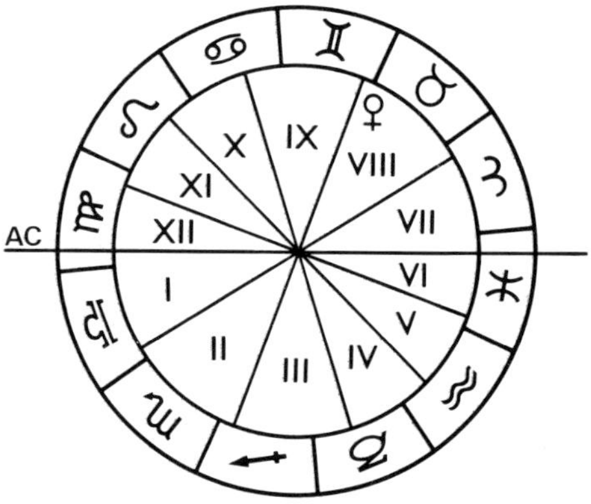

AC = Aszendent
Das 8. Haus ist vom Planeten Venus besetzt.
Stier und Skorpion sind in diesem Beispiel eingeschlossene Zeichen, da sie keine Häuserspitzen aufweisen. Die Häuserspitze ist der Endpunkt der Linie, die die Grenze zwischen zwei Häusern bildet.

Der Aspekt

Es sind die Planeten, von denen später noch ausführlicher die Rede sein wird, die den Menschen bei seiner Geburt prägen. Ihre Wirkung ist verschieden, je nachdem wie ihre Stellung im Tierkreis ist. Dieses Verhältnis der Planeten untereinander nennt man Aspekt.
Nun können aber zwei Planeten auf der gleichen Seite des Tierkreises beieinander stehen. In diesem Fall handelt es sich um einen

Konjunktions-Aspekt

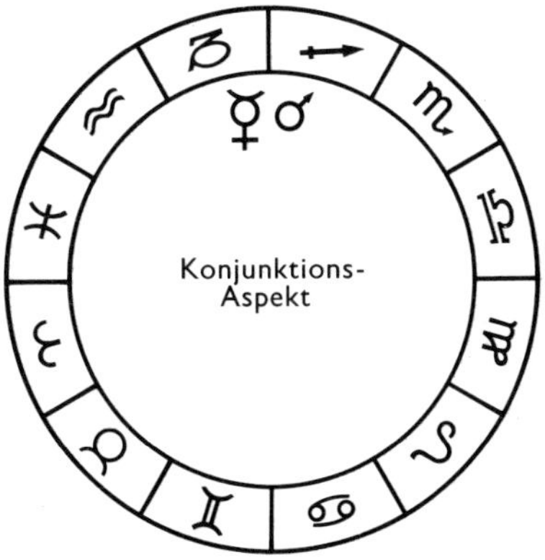

Kommen nun in einem *Konjunktions-Aspekt* zwei harmonische Planeten, also solche mit überwiegend positiver Wirkung, zusammen, so wird sich ihre Wirkung auch harmonisch verstärken. Bei einem disharmonischen Konjunktions-Aspekt stehen zwei Planeten beisammen, die gegensätzliche Wirkungen ausüben und sich gegenseiteig stören oder deren Wirkungen sich gegenseitig aufheben.

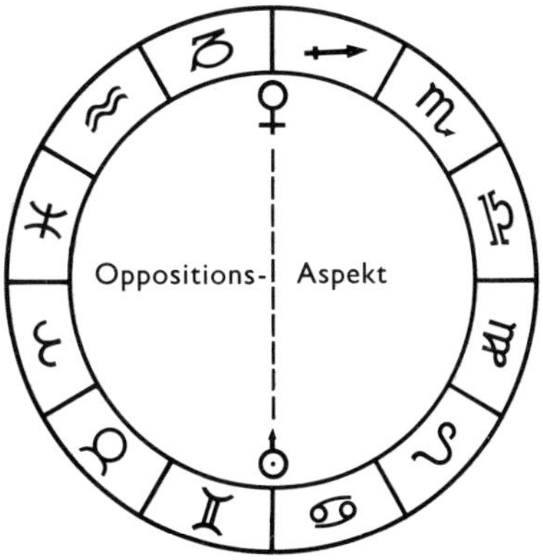

Stehen sich zwei Planeten im Tierkreis gegenüber, dann spricht man von einem

Oppositions-Aspekt

oder aber auch von einem *Spannungsaspekt.* Auch hier kommt es darauf an, welche Planeten zueinader in Opposition stehen. Doch selbst bei harmonischen Planeten entsteht eine Spannung. Menschen mit solchen Spannungsaspekten in ihrem individuellen Horoskop werden es in ihrem Leben nicht so leicht haben. Aber gerade deshalb können sie sich zu starken, eigenwilligen Persönlichkeiten entwikkeln, die all ihre Kräfte mobilisieren, um die Widerwärtigkeiten des Lebens zu meistern.
Nun gibt es aber noch weitere Möglichkeiten von Planeten-Konstellationen:

Trigonal-Aspekt
Quadrat-Aspekt
Sextil-Aspekt

Trigonal-Aspekte gelten im allgemeinen als harmonisch und spannungsarm. Zei-

gen sich im Horoskop eines Menschen mehrere solche Aspekte, dann ist es durchaus möglich, dass es ihm an Durchsetzungsvermögen fehlt. Vor allem wenn sich harmonische Planeten in einem Trigonal-Aspekt vereinen, bedeutet dies Ruhe, glückliches Verweilen.
Der Quadrat-Aspekt wirkt hingegen disharmonierend, unruhig, aufregend oder hemmend. Menschen mit einem solchen Aspekt im Horoskop können leidenschaftlich, kämpferisch, aufregend, heftig sein. Die Wirkung des Sextil-Aspektes ist – wie man sich selber vorstellen kann – gering, da sich ihre negativen und positiven Kräfte ausgleichen. Er kann sich aber auf schlechte Aspekte mildernd auswirken und gute unterstützen.

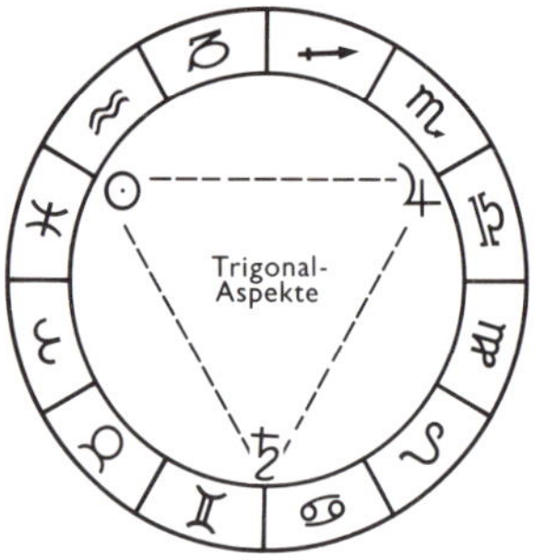

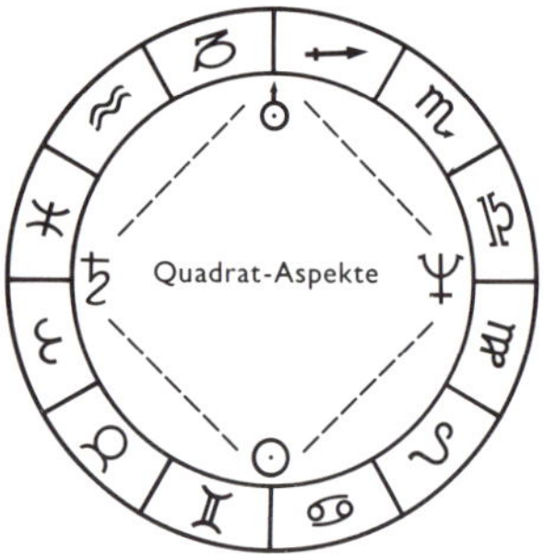

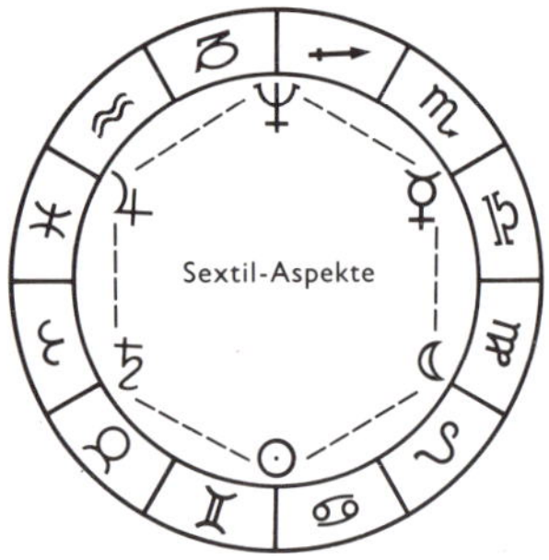

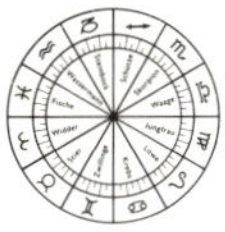

Die Sternbilder des Tierkreises,
wie sie sich am nächtlichen Himmel zeigen.
Die verbindenden Striche dienen der Verdeutlichung.
Der gestrichelte Kreis gibt die Bahn der Sonne an.

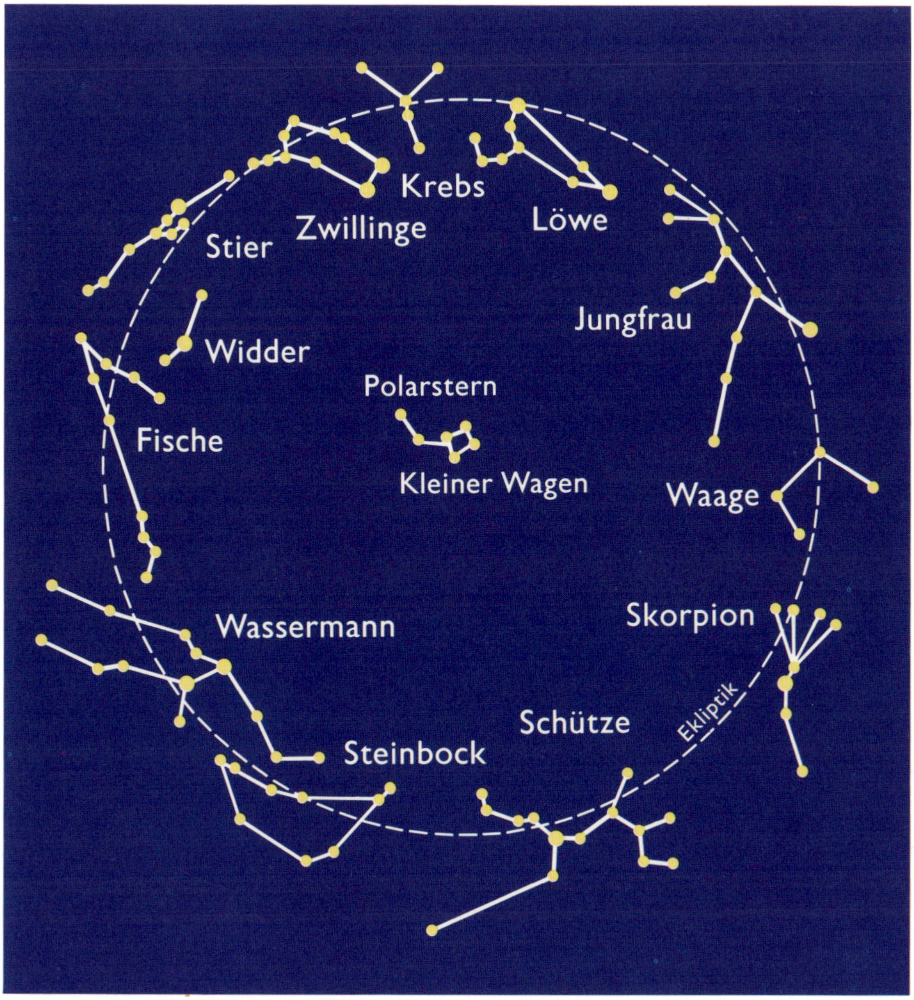

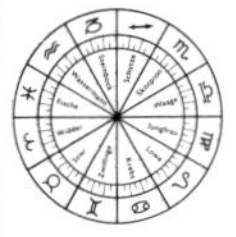

Der Tierkreis von Dendera.
Im oberägyptischen Dendera am linken Nilufer befand sich
eine Kultstätte der Himmelsgöttin Hathor.
Die um Christi Geburt entstandene Tierkreisdarstellung
auf dem Dach des Haupttempels befindet sich heute im Louvre.

Die Planeten

Die Astrologie bezeichnet auch Sonne und Mond als Planeten. Astronomisch gesehen ist dies natürlich nicht richtig. Wir wissen, dass die Sonne der Mittelpunkt unseres Sonnensystems ist und sich die Planeten, zu denen ja auch die Erde gehört, um die Sonne drehen. Der Mond hinwiederum ist ein Erdtrabant, ein Satellit, der sich um die Erde und mit ihr zusammen ebenfalls um die Sonne dreht. Während die Astronomie das Weltall an sich betrachtet, führt die Astrologie den Kosmos immer auf den Bezugspunkt Mensch zurück. Für jeden Menschen ist sein eigenes Ich sozusagen der Mittelpunkt des Alls, des Universums. Jeder ist aus seiner Sicht der «Nabel der Welt».

Nur ich allein kann diesen Mittelpunkt einnehmen – niemand ausser mir. Deshalb gibt es auch keinen Menschen, der genau gleich wäre wie ich – und wäre es mein Zwillingsbruder.

Die Sonne, der Mond und die Planeten kreisen also um mich herum, genau so wie die Alten ihr Weltbild sahen. Dass dies nicht stimmt, wissen wir seit Kopernikus, als sein Weltbild – das sogenannte kopernikanische – um die Mitte des 16. Jahrhunderts das alte des Ptolemäus ablöste. Ich aber stehe weiterhin unter und zwischen den Planeten, die mich scheinbar umkreisen, und zwar auf Bahnen, die mir im Verhältnis zu den Fixsternen sehr nahe sind. Darum ist auch ihre Wirkung am grössten, und es ist in der Astrologie – und nur hier – durchaus legitim, wenn auch astronomisch falsch, ptolemäisch zu denken und auch Sonne und Mond den Planeten gleichzusetzen.

Man sagt, ein Planet regiere oder beherrsche ein Tierkreiszeichen. Welches sind nun die Planeten und ihre Symbole, und welche Tierkreiszeichen regieren sie?

	Planet:	*Regiert das Zeichen:*
☉	Sonne	Löwe
☽	Mond	Krebs
☿	Merkur	Zwillinge/Jungfrau
♀	Venus	Stier/Waage
♂	Mars	Widder
♃	Jupiter	Schütze
♄	Saturn	Steinbock
♅	Uranus	Wassermann
♆	Neptun	Fische
♇	Pluto	Skorpion

Diesen Planeten werden verschiedene Wirkungskräfte zugeschrieben, die unser Ich prägen.

Die Sonne

Sie ist das Gestirn, das unser Leben am sichtbarsten beeinflusst. Sie ist das grösste – immer aus unserer irdischen Position gesehen – Gestirn am Himmel. Sie leuchtet so hell, dass wir die Augen von ihr abwenden oder sie verschliessen müssen. Sie bringt uns das Licht des Tages und bestimmt unsern Tagesablauf mit Wachen und Schlafen. Sie weckt uns am Morgen, wärmt uns, gibt uns Lebensfreude und Lebenswille. Sie regelt den Lebensrhythmus auch der Tiere und bringt die Pflanzen aus der Erde hervor, lässt sie blühen und reifen. Wen wundert's, dass in früheren Kulturen die Sonne als Göttin verehrt wurde. In der Astrologie ist sie Symbol für Leben, Lebenswillen, Lebenskraft, Individualität und Macht.

Der Mond

Er erscheint am nächtlichen Himmel, mal zu-, mal abnehmend, mal sieht man ihn gar nicht, weil er am Tag über uns hinwegzieht und von der Sonne überstrahlt wird. Aber wenn er voll am Himmel steht, einmal nur alle vier Wochen, dann fliesst sein mildes, silbernes Licht über Land und Meere und ruft in uns Gefühle und Empfindungen wach. Verliebte wandeln miteinander über die «mondbeglänzte Au» oder suchen – wenn sie getrennt sind – mit ihren Blicken, die sich auf dem Mond vereinen, Verbindung. Beethovens empfindsamste Klaviersonate erhielt den Beinamen «Mondschein-Sonate».

In der Astrologie ist der Mond Symbol für die Seele, für Gefühl, Empfindung, Veränderlichkeit, Unterbewusstsein.

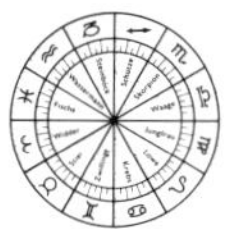

Merkur

Merkur war ein römischer Gott. Sein Ebenbild bei den Griechen hiess Hermes. Er war der Schelm unter den Göttern, klug, schnell, heimlich. Er wurde dargestellt mit kleinen Flügeln an den Fersen und an seinem Helm, die ihn, den Götterboten, rasch und unbemerkt dahin und dorthin trugen. Er war der Gott der Kaufleute, Wanderer, Redner, galt aber auch als der Gott der Diebe.
In der Astrologie ist der Planet Merkur das Symbol für Verstand, Intellekt, für Sprache und Schrift, Knüpfen von Beziehungen. Gerade beim Merkur ist es besonders wichtig, mit welch andern Planeten er Aspekte bildet. Je nachdem fördert er Ruhelosigkeit oder geistige Beweglichkeit, Geschwätzigkeit oder überlegte und überlegene Ausdrucksweise, Fahrigkeit oder Konzentration, Logik, Verstand, scharfsinniges Denken.

Venus

Bei den Römern war sie die Göttin der Liebe. Aphrodite hiess sie bei den Griechen.
In der Astrologie ist sie Symbol für Liebe, Erotik und Sexualität, aber auch für Harmonie, Kunst und allgemein für Schönheit. Je nach ihrer Konstellation zu andern Planeten wird sie mehr die positiven Eigenschaften, zärtliche Liebe, Veredlung der Leidenschaften, kultivierte Erotik, Schönheitssinn, Kunstsinn, eigenes künstlerisches Gestalten betonen oder mehr die negativen Seiten, Laster, Masslosigkeit in den Gefühlen, Ausschweifungen, Begierden fördern.

Mars

In der römischen Mythologie ist Mars der Kriegsgott, noch früher, bei den Italikern war er auch der Gott des Landbaus und Beschützer der Fluren. Bei den Griechen hiess er Ares. Hier galt er als blindwütiger Dämon, der nur selten verehrt wurde.
In der Astrologie bedeutet Mars Energie, Willensstärke, Kampfgeist, Tatkraft. Auch bei diesem Planeten kommt es stark auf die verschiedenen Aspekte an. Im positiven Fall führt der Mars-Einfluss zu Mut, Durchsetzungskraft im Guten, Tapferkeit, Selbstbeherrschung, im negativen zu asozialem Verhalten, Aggression, Gewalt, Hass, ungesundem Machtstreben, ungebändigten Trieben. Gerade bei diesem Zeichen zeigt sich deutlich, dass der Mensch dem, was ihm in die Wiege gelegt wurde, nicht einfach ausgeliefert ist. Jeder gesunde Mensch besitzt auch die Möglichkeit, die ihm anvertrauten «Talente» zu verwalten. Wesentlich ist immer, was einer daraus macht.

Jupiter

Jupiter – bei den Griechen Zeus – ist der Göttervater, der höchste Gott, der Gott des Donners und der Blitze. Er schützt das Recht, schützt auch Haus und Familie.
In der Astrologie ist der Planet Jupiter das Symbol für Fülle und Reichtum, Ehre, Glück, Weisheit, Gesetz. Jupiter bedeutet Grösse – innere Grösse: Weisheit, die den Intellekt Merkurs übersteigt, Gesetz, das Gerechtigkeit bedeutet, Ordnung, die nichts mit Kleinlichkeit zu tun hat, Macht, die auf Gewalt verzichten kann, Grossmut, Entfaltung der Persönlichkeit.

Saturn

Saturn ist in der römischen Mythologie der Gott des Ackerbaus. Er wurde von seinem Sohn Jupiter der Weltherrschaft beraubt. Nun herrscht er über die Materie und die Finsternis. Sein Ebenbild bei den Griechen war Kronos. Auch ihm widerfuhr das gleiche Schicksal von seiten seines Sohnes Zeus. Seither herrscht er über die Insel der Seligen. In der Astrologie versinnbildlicht Saturn den Widerstand, Härte, Einschränkung, Verzicht. Als Gegenspieler der Sonne bringt er Kälte, Dunkelheit ins Leben. Der saturngeprägte Typ wird deshalb meist mehr zu Schwere, Erdgebundenheit, Pessimismus, Absonderung, Konzentration, Sorge und Pflicht, Sparsamkeit, Wahrung von Althergebrachtem neigen, im Negativen zu Härte, Kälte, schroffer Ablehnung, Egoismus, übersteigertem Ehrgeiz und Geiz. Saturntypen findet man oft in Berufen, die mit Land und Boden zu tun haben.

Uranus

Uranus war bei den Griechen die Personifikation des göttlichen Ursprungsprinzips. Der Planet Uranus wurde erst 1781 entdeckt. Die neuere Astrologie bedient sich seiner und sieht in ihm das Symbol für Wandlung, Veränderung, Umbruch. Er kündigt das Zeitalter der Technik, der sozialen Revolution, der Eroberung des Weltalls durch den Menschen an. Viele Techniker, Erfinder, Entdecker, Physiker, Atomphysiker, Revolutionäre stehen unter seinem Einfluss. Im Geistigen weckt Uranus die Beziehung zum Übersinnlichen, zur Erkenntnis.

Neptun

Der Gott des Meeres trug bei den Römern den Namen Neptun, bei den Griechen hiess er Poseidon. Sein Haupt- und Barthaar war blau. Er trug den Dreizack in der Hand und war auch der Gott der Pferde. Von ihm in der Tiefe des Meeres verschlungen zu werden, war schlimmer, als unter den Schlägen des Kriegsgottes zu fallen. In seinem unergründlichen dunklen Reich bewegt er nicht nur die Wellen der Meere, sondern bringt auch das Land zum Erbeben. Der Planet Neptun wurde nocht später als Uranus, 1846, entdeckt. Die Astrologen schreiben ihm Einfluss auf das Gefühlsleben zu. Inspiration, Phantasie, Intuition werden von ihm bewirkt. Er ist auch Symbol für Altruismus, Aufopferung, aber auch Empfänglichkeit des Gemüts, Versuchung, Illusion. So wie Neptun der Gott der Meere und der Meerestiefen war, so beherrscht der Planet die Tiefen der Seele, des Unterbewusstseins, die Traumwelt. Vom Neptun beeinflusste Menschen sind meist intuitiv veranlagt. Sie reagieren wie Seismographen auf feinste Regungen und sind deshalb auch prädestiniert für Berufe auf dem Gebiet der Kunst, Musik, Literatur, Psychologie.

Pluto

Als letzter Planet, dessen sich die Astrologie bis heute bedient, wurde Pluto entdeckt, nämlich 1930. Es ist also nicht verwunderlich, dass der Erfahrungsreichtum bei ihm nicht so gross ist wie bei den andern Planeten und manches noch umstritten ist. Seine Wirkung wird dem Skorpion zugeschrieben, aber auch dem Widder.

Sterndeutung in alten Zeiten

Kardinalzeichen, feste und veränderliche Zeichen

Wenn wir den ganzen Tierkreis mit seinen 12 Zeichen betrachten, dann sehen wir, dass jedem Zeichen ein anderes diametral gegenübersteht. Nehmen wir das erste, den Widder. Ihm gegenüber steht die Waage. Bilden wir senkrecht zu dieser Geraden ein Kreuz, dann finden wir dort Steinbock und Krebs.

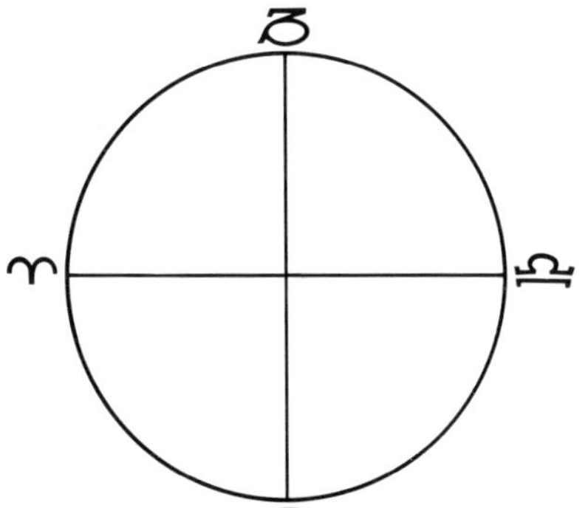

Kardinale Zeichen

Diese Zeichen nennt man bewegliche oder Kardinalzeichen. Wer in diesen Zeichen geboren wurde, eines dieser Zeichen im Aszendenten oder Meridian hat oder dessen Horoskop Planetenanhäufungen in diesen vier Zeichen aufweist, wird sich durch Beweglichkeit, Aktivität, Vorwärtsdrang auszeichnen. Er wird sich weiterbilden, denn er möchte die andern überflügeln und nach Anerkennung streben.

Drehen wir dieses Kreuz um 30°, dann finden wir die vier sogenannten festen Zeichen in ihrer Entsprechung, nämlich Löwe und Wassermann, Stier und Skorpion.

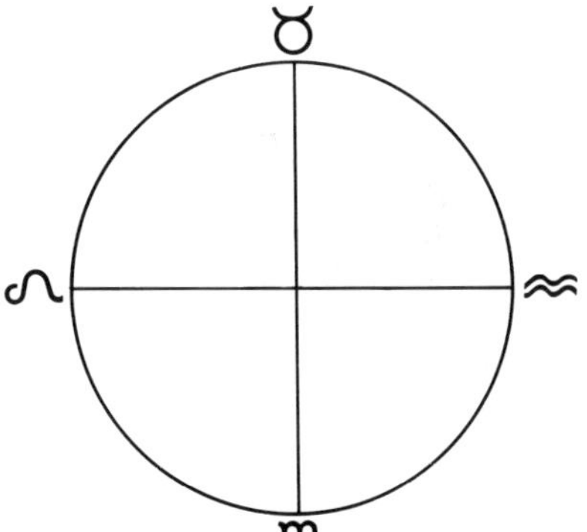

Feste Zeichen

Unter diesen Zeichen finden wir Menschen, die sich durch Beständigkeit und Geduld auszeichnen, die ausdauernd sind und am Erreichten festhalten wollen. Sie nehmen oft Widerwärtigkeiten in Kauf und wechseln deshalb weder Beruf noch Lebenspartner unüberlegt und schon gar nicht, wenn es nicht unbedingt sein muss.

Und nochmals 30° weiter gedreht.

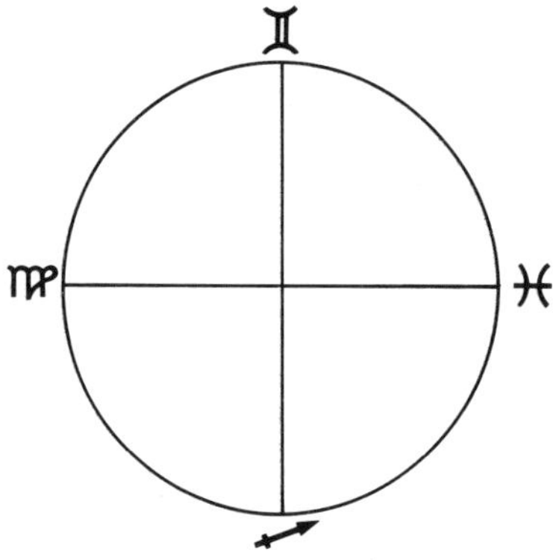

Veränderliche Zeichen

Jetzt stehen sich Jungfrau und Fische, Zwillinge und Schütze gegenüber, die sogenannten veränderlichen Zeichen. Menschen, die unter diesen Zeichen stehen, sind meist fügsam, sie geben lieber nach, gehen dem Streit aus dem Weg. Sie streben nach Harmonie, Ausgeglichenheit, innerem und äusserem Frieden. Sie sind nicht leicht zu fassen, denn sie sind vorsichtig, diplomatisch, verhalten sich abwartend. Es wäre falsch, veränderlich mit labil gleichzusetzen, denn sie vermögen sich doch durchzusetzen. Sie können sich anpassen, ohne unterwürfig zu sein. Sie vertrauen auf ihre Intuition und Erfahrung, um im richtigen Moment das Richtige zu tun.

Mittelalterliche Vorstellung vom Weltall

Die Elemente

Der griechische Philosoph Empedokles, der im 5. vorchristlichen Jahrhundert lebte, lehrte, dass die vier Elemente Erde, Wasser, Feuer und Luft den Urgrund aller Dinge bilden. Anziehung und Abstossung, Liebe und Hass würden bewirken, dass diese Urelemente sich verbinden oder trennen, wodurch alles werde und vergehe.
Auch die Astrologie kennt diese vier Grundelemente und weist ihnen je drei Tierkreiszeichen zu:

Feuer:	Widder, Löwe, Schütze
Erde:	Stier, Jungfrau, Steinbock
Luft:	Zwillinge, Waage, Wassermann
Wasser:	Krebs, Skorpion, Fische

Wenn wir jeweils die drei entsprechenden Zeichen im Tierkreis miteinander verbinden, dann erhalten wir vier Dreiecke:
Die drei jeweils entsprechenden Zeichen weisen gemeinsame Merkmale auf, die bei jenen Menschen besonders ausgeprägt sind, die in einem solchen Zeichen geboren sind, wobei wiederum nicht vergessen werden darf, dass auch der Aszendent, der Mond und der Meridian ebensostark berücksichtigt werden müssen.
Sind in Ihrem persönlichen Lebenshoroskop die *Feuer*-Zeichen stark besetzt, dann sind Sie ein willensstarker Mensch, der sich durchzusetzen und Anerkennung zu verschaffen weiss. Sie gelten als dynamisch, begeisterungsfähig. Im Beruf sitzen Sie nicht gerne an einem Pult, es sei denn dasjenige des Chefs, wo Sie Ihr Organisationstalent und Ihre Führerpersönlichkeit unter Beweis stellen können. Anpassung in der Ehe ist für Sie ein Fremdwort. Falls Ihr Partner nicht zu den stillen Duldern gehört, können Spannungen zuweilen offen zutage treten.
Als *Erde*-Zeichen-Typ sind Sie Realist, der nüchtern und konzentriert und ausdauernd sein Ziel verfolgt. Sie lassen sich nicht von Träumen und Phantasien ablenken. Sie sind sesshaft und vermeiden gerne grosse Veränderungen. In Liebe und Freundschaft sind Sie zuverlässig und treu, und selbst in der Ehe werden Sie sich kaum von Ihrem Partner lösen, auch wenn Ihre Gefühle einmal in andere Richtung gehen. Sie brauchen in Ihrem Horoskop aber andere Elemente zum Ausgleich, damit Sie nicht einseitig, stur und verbohrt werden.
Herrscht bei Ihnen das Element *Luft* vor, dann sind Sie ein beweglicher Typ, schlagfertig und in allen Dingen schnell entschlossen. Sie brauchen ständig Anregung. Ihnen ist lieber, von vielem wenig zu wissen als von wenigem alles. Neues nehmen Sie gierig auf. Sie stürzen sich gerne ins volle Leben, lieben das Reisen und den Betrieb der Städte. Sie brauchen einen Beruf, der Sie mit vielen Menschen zusammenbringt, kein enges Büro, in dem Sie ersticken würden. In der Liebe und Ehe sind Sie anspruchsvoll. Sie halten Ihren Partner in Trab und wünschen, dass auch

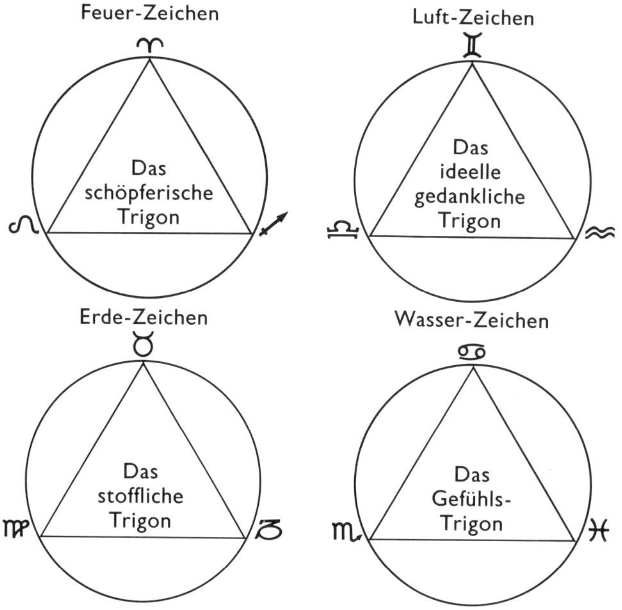

er Ihnen keine Ruhe lässt, Ihnen ständig geistige Anregung bieten kann.

Stehen Sie jedoch vor allem unter dem Einfluss des Elements *Wasser,* dann sind Sie ein Gefühls- und Empfindungstyp. Sie urteilen und beurteilen weniger nach festgelegten Massstäben und angelernten Normen, sondern intuitiv aus Ihrem Gefühl heraus. Sie sind stark von Stimmungen abhängig.

Bei aller Verwandtschaft treten innerhalb dieses Elementes vielleicht doch die relativ grössten Unterschiede auf. Als Fische-Mensch zum Beispiel sind sie sehr friedliebend, ruhig, ausgeglichen, ohne Aggressionen. Beim Skorpion treten diese Eigenschaften weniger in Erscheinung. Hingegen gelten alle drei Typen – Skorpion, Krebs, Fische – als sympathisch, liebenswürdig und höflich. Sie werden sich eher einem künstlerischen als einem rein intellektuellen Beruf zuwenden, und in der Liebe werden ihre Gefühle besonders tief und innig sein. Sie sind zu grosser Hingabe fähig, aber auch auf tragische Weise enttäuscht, wenn ihr Partner nicht die gleiche Hingabe und Liebe aufbringt.

Nachdem wir nun die wichtigsten Grundbegriffe und Zusammenhänge, die zum Verständnis der nachfolgenden «Typenlehre» Voraussetzung sind, kennengelernt haben, können wir uns dem Zeichen zuwenden, dem Sie angehören oder für das Sie sich – aus welchen Gründen auch immer – besonders interessieren, weshalb Sie sich ja auch dieses Buch aus der ganzen Reihe von zwölf Bänden ausgesucht haben.

Bevor wir uns aber endgültig mit Ihrem Zeichen auseinandersetzen, doch noch kurz eine Zusammenfassung der wichtigsten Merkmale aller zwölf Tierkreistypen.

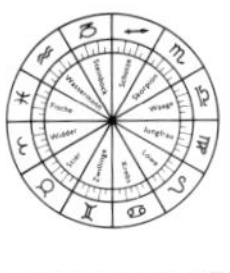

Die Eigenschaften der Tierkreistypen

Widder

Er ist ein ausgesprochener Individualist, oft widersprüchlich, unbeständig, aktiv, schnell im Denken, Reden und Handeln, verwegen, ungestüm und liebt die Unabhängigkeit. Er kann fröhlich und charmant sein, sich ins beste Licht stellen, aber auch handkehrum sich ins stille Kämmerlein zurückziehen, wo er unansprechbar ist und bleiben möchte. Locken Sie ihn nicht heraus – er kommt von selbst, wenn er es will.

Stier

Stier-Typen lieben das Angenehme und Schöne. Sie beweisen überall guten Geschmack, in der Kleidung, in der Ausstattung der Wohnung, in der Wahl ihrer Freunde. Sie sind vielfach musisch veranlagt, treu in ihren Gefühlen, beharrlich, ausdauernd, hilfsbereit und fröhlich.

Zwillinge

Der Zwilling ist meist von beweglicher Intelligenz. Ihm ist alles recht, was seinem Erfolg dient. Sein Ehrgeiz kann für andere manchmal unangenehm werden. Er entscheidet schnell, aber nicht unumstösslich. Oft scheint er launisch. Aber er ist nur ungeduldig. Warten ist ihm zuwider. Er kann sehr liebenswürdig sein, ist aber oft schwer zu verstehen.

Krebs

Krebs-Menschen sind empfindungs- und gemütvoll, sanft und weich, träumerisch und romantisch, sensibel und leicht verletzbar. Harte Worte treffen sie zutiefst in der Seele und machen sie traurig. Sonst aber sind sie fröhliche Menschen. Ihre Fröhlichkeit ist nicht laut, sie strahlt von innen heraus. Deshalb ist der Krebs-Mensch überall gerne gesehen.

Löwe

Der Löwe-Mensch besitzt ein unerschütterliches Selbstvertrauen. Er will beachtet sein und drängt an die Spitze. Ihm ist nicht wohl, wenn er nicht der Erste und Beste sein kann. Lassen Sie ihm deshalb das Gefühl, der Beste zu sein, sonst kommen Sie nicht gut aus mit ihm. Im übrigen hat er angenehme Umgangsformen, ist liebenswert, freundlich und hilfsbereit.

Jungfrau

Die Jungfrau-Typen sind erdgebunden, pflichtbewusst, ordnungsliebend, gründlich, oft pedantisch genau. Als Verstandesmenschen verdrängen sie oft ihre Gefühle. Sie sind treue Freunde und legen grossen Wert auf einen Freundeskreis, auf den man sich verlassen kann. Man findet Jungfrau-Typen oft als Beamte oder Buchhalter, aber auch in der Forschung.

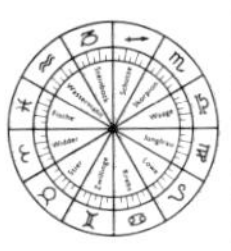

Waage

Den Waage-Typ erkennt man oft schon an seinem sanften, anschmiegsamen, weichen, weiblichen Habitus. Er neigt zu Liebe, Kunst, Lebensfreude und allen schönen Dingen. Er ist anpassungsfähig, friedfertig, mehr ausgleichend als ausgeglichen. Er wägt ab, zögert oft lange, bis er sich entschliesst. Doch seine Entschlüsse sind dann meist gut und richtig.

Skorpion

Skorpion-Menschen können sein wie Herbststürme, heftig, aggressiv, zerstörerisch. Sie zerfleischen sich selbst. In der Liebe sind sie besitzergreifend. Sie können rachsüchtig sein und fühlen sich meist unverstanden, wollen aber auch nicht, dass man sie versteht, dass man in sie hineinblickt. Mit andern Skorpionen können sie sich verschwören oder sie heftiger ablehnen als andere. Sie lassen sich nicht beeinflussen, man muss sie nehmen wie sie sind, eben als Skorpione.

Schütze

Schütze-Menschen sind Erfolgs-, Karriere-Typen. Ihr Optimismus, ihr Unabhängigkeitsdrang und ihre Unbeirrbarkeit führen sie zum angestrebten Erfolg. Sie sind aber auch an geistigen Dingen interessiert, an Religion, Philosophie, an allem, was ihr Wissen erweitert. Gesetz und Gerechtigkeit sind ihnen wichtige Massstäbe. Juristen, Theologen und Politiker sind unter ihnen oft anzutreffen.

Steinbock

Der Steinbock ist meist strebsam, pflichtbewusst, sesshaft, konservativ, schweigt oder spricht mit grosser Eindringlichkeit. Er ist ehrgeizig, ein einsamer Schaffer prüft alles gründlich, ehe er es akzeptiert. Er ist praktisch veranlagt, der Theorie abhold. Mit seinem Hang, andere zu belehren und ihnen zu misstrauen, verbaut er sich manche Beziehung.

Wassermann

Er ist ein Idealist. Er reagiert spontan, heftig, auf unerwartete Weise und oft unlogisch. Er kann stur Ansichten vertreten, von denen man nie weiss, ob er selber daran glaubt oder nicht. Vielfach ist er exzentrisch, wehrt sich gegen jede Art von Zwang. Über Vorschriften setzt er sich souverän hinweg. Die gelten nur für die andern. Im Drang nach höherer Erkenntnis seiner selbst und allen Seins interessiert er sich für alle Geistes-, oft auch für Geheimwissenschaften.

Fische

Als besonders einfühlsam und intuitiv gilt der Fische-Mensch. Er ist ein Romantiker, träumt von der fernen Geliebten und der grossen, ewigen Liebe. Seine ruhige, ausgeglichene Art macht ihn beliebt. Man kommt zu ihm, um sein Herz auszuschütten, vertraut ihm, schätzt seinen Rat. Seine Gutmütigkeit wird oft ausgenützt. Er sehnt sich nach Geselligkeit, doch seine Schüchternheit ist ihm oft hinderlich.

Der Krebs-Typ

Mit dem Tierkreiszeichen Krebs beginnt der Sommer. Die Blütezeit der Obstbäume ist vorüber. Nun stehen sie da im Grün des frischen Laubes. In den Gärten reifen bereits die ersten Beeren, dieweil in Parks und auf Plätzen die noch blühenden Linden ihren betörenden, sinnlichen Duft verströmen. Noch sind nicht die andauernden heissen Sommertage, das Wetter ist noch unbeständig. Die Erde braucht noch viel Regen.
In diese Zeit hinein ist der Krebs-Mensch geboren, ein sensibles Kind.
Der Krebs gehört zu den Wasserzeichen, wie Skorpion und Fische. Ist aber der Skorpion dem sturmgepeitschten, von Grund auf aufgewühlten Meer, das Zeichen der Fische eher einem tiefen, dunklen, unergründlichen Weiher vergleichbar, so könnte man beim Krebs eher an ein munteres Wiesenbächlein denken, das leise murmelnd zwischen blühenden Blumen dahinfliesst und bald in einen ruhig daliegenden kleinen See mündet, auf dessen Oberfläche sich das Licht und die Bäume und die Hügel vom gegenüberliegenden Ufer spiegeln oder nachts der bleiche Vollmond.
Der Mond – er regiert den Krebs, der Mond, der so launisch erscheint, einmal voll und hell am Himmel steht, dann wieder jeden Abend später erscheint und seine Gestalt langsam von Mal zu Mal mehr verbirgt, bis er nicht mehr zu sehen ist, sich aber eines Abends am noch hellen Himmel als schmale, fast unscheinbare Sichel wieder hervorwagt.
Mond und Wasser haben auch zueinander eine tiefe Beziehung. Die Gezeiten – Ebbe und Flut – werden vom Mond bewirkt; geheimnisvolle Zusammenhänge.
In der Astrologie symbolisiert der Mond den Wandel, den Wechsel, das Auf und Ab der Gefühle, des Empfindens, des Gemüts – die Seele, das Unbewusste.
Vielleicht haben Sie als Krebs-Mensch in dieser kleinen Einführung, die noch gar nichts über Ihre Eigenschaften, Ihren Charakter ausgesagt hat, doch bereits einen Zusammenhang herausgespürt.
Beginnen wir mit Ihrer Kindheit, Ihrer Jugend. Erinnern Sie sich noch? Bestimmt, denn Sie haben ein gutes Gedächtnis, vor allem für Empfindungen und Gefühle. Und Sie denken gerne zurück, schauen gerne in die Vergangenheit, übrigens nicht nur Ihre eigene.
Als Säugling – so weit reicht Ihr Erinnerungsvermögen natürlich nicht – waren Sie schon ein Kind, das sich stärker als Ihre in andern Tierkreiszeichen geborenen Geschwister in den Armen der Mutter oder des Vater – wenn er Ruhe ausstrahlen konnte – zufrieden und geborgen fühlte. Auch später suchten Sie die Nähe, die Liebe, die Geborgenheit. Nestwärme, dieses vielzitierte Wort – jener Psychologe, der es zum erstenmal gebrauchte, muss dabei ein Krebs-Kind vor Augen gehabt haben.

Sie waren ein fröhliches Kind, zu Spässen aufgelegt, erregten vielleicht die Bewunderung oder den stillen Neid Ihrer Geschwister, wenn Sie es verstanden, durch Ihre Heiterkeit die Aufmerksamkeit auf sich zu ziehen. Aber Sie waren verletzlich, ein lautes Wort, ein scheltender Ton, der ein anderes Kind kaum beeindruckt hätte oder dem es mit lautem Geschrei oder Ungehorsam begegnet wäre, liess Sie von der Bildfläche einfach verschwinden. Sie zogen sich zurück in Ihr Zimmer, gekränkt und traurig und übergaben sich Ihren Gefühlen, Ihrem Selbstmitleid oder weinten sich aus mit Ihrer Lieblingspuppe im Arm oder – wenn Sie ein Knabe waren – einem Ihrer weichen Stofftiere. Und am Abend nahmen Sie all Ihre Puppen oder Tiere ins Bett, deckten sie mit der Decke zu und drückten sich selbst in die Ecke, damit alle Platz hatten.

Und später, als Sie lesen konnten, lasen Sie Geschichten von armen Kindern, denen geholfen wurde, von Waisen, die eine liebe Mutter bekamen, von Prinzen und Prinzessinnen. Romantisch und sentimental durften sie sein, die Geschichten und die Bilder, ja sogar ein bisschen kitschig. Jetzt sind Sie erwachsen. Aber all das geht Ihnen heute noch nach. Manches können Sie heute belächeln. Sie sind ja reifer geworden, aber die Wurzeln sind dieselben geblieben.

Heute haben Sie vielleicht eine Familie. Dann sind Sie sehr um Ihre Angehörigen besorgt. Sie werden alles tun, damit Sie selbst und Ihre Lieben in Sicherheit und Geborgenheit leben können. Ihr Heim bedeutet Ihnen alles. Sie wohnen gerne schön und angenehm, umgeben sich mit Erinnerungsstücken. Sicher haben Sie noch einiges aus Ihrer Kinderzeit. Sie trennen sich nie von Ihrer Vergangenheit und brauchen auch sichtbar oder befühlbar diese Verbindung.

Sie haben einen guten Geschäftssinn, auch wenn Sie manchmal unentschlossen sind oder wieder ganz neu und von vorne beginnen, weil Sie das Gefühl haben, auf einem andern Gleis besser vorwärtszukommen. Sie sind zwar sparsam, aber nicht geizig. Sie sind gegenüber andern hilfsbereit, sogar mit Geld. Sie können andere nicht leiden sehen, und wenn jemand in Not ist, opfern Sie gerne auch einmal eine grössere Summe, sofern dadurch Ihre eigene Sicherheit und die der Familie nicht aufs Spiel gesetzt wird. Aber solange Sie im Überfluss haben – warum sollten Sie da nicht helfen! Sie fühlen also durchaus sozial. Dies könnte auch Ihren Beruf bestimmen. Sie betätigen sich vielleicht als Sozialarbeiter, Krankenpfleger, wenn Sie eine Frau sind als Kranken- oder Kinderschwester oder Kindergärtnerin, und es würde nicht wundern, wenn zu diesem letzteren Beruf, der sich allmählich auch für Männer öffnet, gerade Krebs-Geborene sich hingezogen fühlten. Aber auch Berufe, die mit dem Heim und dem Wohnen zu tun haben, werden von Krebs-Menschen gerne bevorzugt: Innenausstattung, Hotel- und Gastgewerbe. Auch Krebs-Männer sind gute Köche und betätigen sich daheim gerne wie die Krebs-Frauen in der Küche. Da Sie gerne Freunde zu sich einladen und die Geselligkeit im häuslichen Kreis lieben, bewirten Sie Ihre Gäste auch gerne mit etwas aus Ihrer Küche, in das Sie Ihre ganze Liebe und Ihre Gefühle, die Sie beim späteren Genuss empfinden, hineingesteckt haben. Dass

das Essen schön und in einer angenehmen Ambiance präsentiert wird, versteht sich schon fast von selbst. Sie sind auch ein Mensch mit guten Tischmanieren, überhaupt achten Sie auf ein gutes Benehmen, das bei Ihnen aber ganz natürlich wirkt. Wenn wir gesagt haben, dass Sie sich um Ihre Familie sorgen, dann haben wir dieses Wort mit Bedacht gewählt, denn Sie machen sich wirklich Sorgen, meist zu viele. Das schlägt Ihnen dann oft auf den Magen, das empfindlichste Organ des Krebses. Ihr Magen reagiert wie ein Seismograph. Nicht nur Sorgen, auch jedes laute Wort oder jede noch so leise und vorsichtig angebrachte Kritik schlägt sich nieder. Vielleicht reagieren Sie heftig oder Sie machen es wie seinerzeit als Kind: Sie ziehen sich für eine Weile zurück in Ihr Zimmer, in Ihr Schneckenhaus, kapseln sich ab und überlassen sich Ihrer Traurigkeit. Sie können sich dann richtig krank fühlen dabei.

Sie sind sehr phantasiebegabt. Schon in der Schule haben Sie phantasievolle Aufsätze geschrieben. Sie fabulierten und schwelgten und haben vielleicht dabei vergessen, auf Grammatik und Rechtschreibung zu achten. Auch heute noch sind Sie romantisch. Auch der Krebs-Mann. Er ist vielleicht der romantischste Liebhaber, den es gibt. Sie lesen gerne historische Romane oder Biographien historischer Persönlichkeiten und versetzen sich gerne in jene Epoche und identifizieren sich mit den Gestalten der damaligen Zeit.

Wie schon als Kind lieben Sie es, wenn man Ihnen Aufmerksamkeit schenkt. Sie tun sich wahrscheinlich nicht so hervor wie damals, denn Sie sind ein eher introvertierter, in sich gekehrter Mensch. Trotzdem lieben Sie die Geselligkeit und bewegen sich überall natürlich und ungezwungen. Sie haben eine heitere Ausstrahlung, und da man sich nie vorstellen könnte, dass Sie einem anderen Menschen etwas Böses antun oder etwas Schlechtes über ihn denken könnten, sind Sie überall beliebt. Auch wenn Sie sich beleidigt fühlen, was leicht möglich ist, oder man Ihnen die ersehnte Anerkennung versagt, sind Sie nicht böse, sondern nur traurig. Obwohl Sie Ihr Heim lieben und es zu Ihrer Sicherheit und Geborgenheit gehört, gehen Sie auch mal gerne aus, lassen sich von Ihren Freunden einladen. Auch im Urlaub reisen Sie gerne, aber Sie suchen lieber stille Orte auf. Am Meer liegen Sie nicht am belebten Strand, sondern in einer einsamen Bucht, wo Sie dem Wellenschlag lauschen und sich Ihren Empfindungen hingeben können. In grossen, hypermodernen Hotels aus Beton, Stahl und Glas fühlen Sie sich nicht wohl, so wenig wie Sie sich Ihr Heim in einem solchen Haus vorstellen könnten. Heim, das heisst für Sie heimisch sein, in einer heimeligen Umgebung, in einem kleinen Häuschen – das Hexenhäuschen aus dem Märchen und Ihren Kindheitsträumen.

Sie sind aber doch wiederum nicht so stark mit Ihrem Heim verbunden wie die Angehörigen der Erdezeichen. Sie können durchaus Ihr Heim wechseln, wenn nur das neue Heim auch wieder so ist wie das alte. Die Möbel, die Erinnerungsstücke, all das, was von Ihrer Beziehung, mit Ihnen, auch mit Ihrer Erinnerung lebt, nehmen Sie ja mit. Man sagt, der Krebs sei ein Sammler-Typ. Wenn dem so ist, dann werden Sie auch bei einem Umzug alles mitnehmen, auch wenn es wertloser

Krimskrams ist. Für Sie hat er zumindest einen unersetzlichen persönlichen Erinnerungswert.
Wenn wir uns – liebe Krebs-Frau – erinnern, wie Sie schon als Kind Ihre Puppen umsorgt und geliebt haben, jene vielleicht sogar am meisten, die einen Arm, ein Bein, die Augen oder die Haare verloren hatten, dann braucht man es eigentlich gar nicht mehr auszusprechen, dass Sie auch Ihren Kindern eine umsorgende, liebevolle Mutter sind. Sie selber haben immer viel Liebe gebraucht, nicht nur liebevolle Worte, sondern den körperlichen Kontakt. Man musste Sie in die Arme nehmen, und als Sie ins Alter kamen, in dem sich Kinder oft zärtlicher Äusserungen vor ihren Gespielen schämen, versuchten Sie mit spielerischen Neckereien körperliche Berührung herbeizuführen. Und jetzt wissen Sie, dass Ihre Kinder das auch brauchen. Aber wahrscheinlich unbewusst sind es Sie selber, die das braucht. Sie werden deshalb, wenn die Kinder grösser werden, darauf achten müssen, dass Sie auch die Distanz wahren können und die Gefühle der heranwachsenden Kinder nicht verletzen durch einen übertriebenen Mütterlichkeitstrieb.
Manche Astrologen betonen, dass jeder Angehörige eines bestimmten Tierkreiszeichens von den Eigenschaften des auf dem Tierkreis gegenüberliegenden Zeichens lernen sollte. In Ihrem Fall ist dies der Steinbock. Auch für ihn ist das Familienleben wichtig. Aber er baut es nicht so sehr auf Gefühlen und Instinkten auf. Er ist nüchtern, und so sieht es auch in seiner Familie aus. Sachliches und kühles Überlegen sind bei ihm Voraussetzung, um jene materiellen Werte zu schaffen, die ihm Sicherheit – so weit dies möglich ist – garantieren. Der Steinbock ist kein Träumer. Er ist ein Schaffer, der auch sein handwerkliches Können einsetzt. Er ist auch nicht der Vergangenheit zugewandt, sondern der Zukunft, und versteht es, die Gefühle, deren auch er fähig ist, in Zaum zu halten. Nicht dass Sie jetzt so werden sollten wie er. Es wäre schade. Sie können sich ja auch – zum Glück – nicht verleugnen. Der Blick hinüber zum Steinbock bewahrt Sie aber vielleicht vor Extremen.
Wenn wir bis jetzt immer von einem Krebs-Typ, einem Krebs-Mann oder einer Krebs-Frau gesprochen haben, dann müssen wir spätestens an dieser Stelle festhalten, dass es den reinen Krebs-Typ nicht gibt. Jeder Mensch ist von vielen Einflüssen geprägt. Sehen wir einmal ab von jenen, die ausserhalb der Astrologie sind, so bleiben doch noch viele Komponenten auf dem Gebiet, das in diesem Buch behandelt wird. Eine der wichtigsten ist der Aszendent. Rund dreissig Tage stand die Sonne im Zeichen des Krebses, als Sie geboren wurden. Aber zur Stunde oder – genauer gesagt – in dem Augenblick, als Sie an einem bestimmten Ort geboren wurden, erhob sich am Horizont ein ganz bestimmtes Tierkreiszeichen. Das ist der sogenannte Aszendent. Wenn Sie den Ihren noch nicht kennen, Ihnen Ihre Geburtszeit aber bekannt ist, dann können Sie aus den Tabellen am Schluss des Buches Ihren Aszendenten mit Leichtigkeit errechnen. Welche Bedeutung dies für Sie hat, ob sich in der auf Sie zutreffenden Kombination ähnliche Eigenschaften verstärken, entgegengesetzte abschwächen oder störend bemerkbar machen, können Sie auf den nun folgenden Seiten lesen.

Aszendent Widder

Der Widder ist ein Feuerzeichen, und Wasser und Feuer vertragen sich bekanntlich nicht gut. Der Widder ist unruhig, aktiv, redet schnell und denkt oft erst hinterher. Er kann auch zornig und heftig sein und mit seinen Hörnern stossen. Diese Eigenschaften könnten den Krebs zwiespältig werden lassen, so dass man ihn kaum wiedererkennt. Der Widder ist aber auch ähnlich wie der Krebs charmant und höflich, nur ist er sich dessen mehr bewusst und spielt diese Vorzüge gerne zu seinem Nutzen aus. Da auch er verletzlich ist und sich gerne von der Aussenwelt abkapselt und unansprechbar bleibt, könnte sich dies bei Ihnen in einem für Sie und Ihre Mitmenschen kaum mehr erträglichen Mass steigern.

Aszendent Stier

Der Stier ist ein Erdezeichen. Ihm haftet eine gewisse erdverbundene Schwere an. Sicherheit geht ihm über alles. Grosse und vor allem rasche Veränderungen liegen ihm nicht. In diesem Sinne ist er eher konservativ. Das könnte sich auf Ihr Familienleben so auswirken, dass Sie Ihre Lieben gerne bevormunden und ihnen wenig persönliche Freiheit lassen. Die handwerkliche Fähigkeit in Haus und Garten wird jedoch in Ihnen einen guten Nährboden finden, und der Sinn des Stiers für Natur, Schönheit und Kunst wird sich, mit Ihrer Phantasie vereint, positiv auswirken. Geniessen Sie nicht nur passiv, sondern versuchen Sie, Ihre musischen Anlagen in aktive Kreativität umzusetzen.

Aszendent Zwillinge

Der Zwilling ist rasch und ungeduldig und hat viele geistige Interessen. Er ist auch ausserordentlich ehrgeizig und strebt den Erfolg an. Oft wirkt er wankelmütig, da er morgen schon anders denkt als heute und seine Entscheidungen ändert. Seine Lebendigkeit und Spritzigkeit, seine Leichtigkeit, mit andern Menschen in Kontakt zu kommen, wird es auch Ihnen leichter machen, Freunde zu gewinnen und die Gäste in Ihrem Heim zu unterhalten und Ihre Bedürfnisse in dieser Richtung zu befriedigen. Seine Wechselhaftigkeit könnte aber auch das, was Ihnen oft als Launenhaftigkeit ausgelegt wird, aber im Grunde verletzliche Sensibilität ist, verstärken.

Aszendent Krebs

Was im allgemeinen Teil über den Krebs gesagt wurde, gilt für Sie natürlich in besonderem Masse. All die erwähnten Eigenschaften verstärken sich bei Ihnen mit diesem Aszendenten. Ihre Gefühle werden sich noch mehr vertiefen und Ihre Empfindlichkeit wird noch stärker werden. Sie suchen Geborgenheit bei Ihrem Partner, in der Familie, sie saugen Liebe und Zärtlichkeit auf wie ein Schwamm und verströmen auch Liebe und Mitgefühl wie ein Schwamm, den man wieder ausdrückt. Ihre liebende Fürsorge kennt keine Grenzen. Aber Sie sollten sich nicht zu grosse Sorgen machen, denn das schlägt sich auf Ihren Magen nieder, und Ihrer Familie ist mehr gedient, wenn Sie gesund sind, als mit gereizten Magennerven im Bett liegen.

Aszendent Löwe

Der Löwe steht gerne im Mittelpunkt oder auf der Spitze der Pyramide. Da auch der Krebs sich gerne Beachtung verschafft, dies normalerweise aber fast unbewusst und auf natürliche Weise tut, könnte dieser Löwe-Einfluss leicht zu einer hochmütigen Haltung führen, die eigentlich gar nicht zum Krebs passt. Da der Löwe aber sonst ein angenehmer und liebenswerter Mitmensch ist und auch hilfsbereit und mit guten Umgangsformen, verstärken sich mit diesem Aszendenten im Krebs auch viele gute Charaktereigenschaften. Die Phantasie und die Kreativität des Löwen könnten auch auf künstlerischem Gebiet zu Erfolgen führen.

Aszendent Jungfrau

Die Jungfrau ist ein Erdezeichen. Bei ihr findet man jedoch weniger musische Züge. Jungfrauen gelten manchmal als pedantisch, auf jeden Fall sind sie ordnungsliebend und pflichtbewusst. Sie gelten auch als Verstandesmenschen und verdrängen oft ihre Gefühle. Hier findet der Krebs in der Kombination mit der Jungfrau einen gewissen Ausgleich. Doch macht diese Verbindung oft unentschlossen, weil Verstand und Gefühl in Widerspruch stehen. Und weil man mit sich selber nicht ins reine kommt, reagiert man oft überempfindlich oder schliesst sich von der Umwelt ab. Dann braucht es manchmal etwas länger, jene treuen Freunde zu finden, die Jungfrau wie Krebs so sehr brauchen, oder man verliert sie wieder und verfällt der Einsamkeit.

Aszendent Waage

Waage und Krebs sollten eigentlich eine sehr harmonische Verbindung eingehen. Wie der Krebs ist auch die Waage sanft, weich, anschmiegsam, friedfertig. Der Krebs ist mit diesem Aszendenten ein heiterer Mensch und in der Gesellschaft überall gerne gesehen. Da der Krebs an sich schon eher zögernd ist, wird sich diese Seite noch verstärken, so dass er sich nur mit Mühe für etwas entscheidet. In bezug auf Häuslichkeit und Unternehmungslust weisen beide Zeichen Ähnlichkeit auf, so dass hier keine inneren Spannungen entstehen. Die Liebe zu Schönheit und Kunst wirkt zusammen mit der Phantasie des Krebses vielleicht weniger kreativ auf dem Gebiet der Kunst als im Ausstatten und Schmücken der Wohnung.

Aszendent Skorpion

Dieser Aszendent kann dem Krebs etwas von Aktivität und Tatendrang, aber auch von Heftigkeit geben, die für den Krebs sonst ungewohnt ist. Die feine Sensibilität des Krebses und die heftige, fast verbissene Wechselhaftigkeit des Skorpions und seine Starrköpfigkeit können den Krebs zu oft unverständlichen Launen führen. Der Skorpion ist sehr ehrgeizig. Er ist auch auf Sicherheit bedacht, versucht Haus und Familie zusammen- und in Ordnung zu halten, riskiert plötzlich aber, alles, was er erreicht hat, zu zerstören, möchte aus der Verantwortung und dem Alltag ausbrechen. Dann braucht er Luftveränderung, eine Reise – am liebsten ans Ende der Welt. Diese Kombination macht

dem Krebs innerlich zu schaffen. Er wird sich manchmal fragen: Bin ich das wirklich?

Aszendent Schütze

Schütze-Menschen wirken manchmal ein wenig verbissen. Das kommt daher, dass sie ihre Karriere mit viel Unbeirrbarkeit und Verstand aufbauen. Sie sind vielseitig an geistigen Dingen interessiert und oft wissenschaftlich tätig. Auch Schütze-Menschen, die nicht studiert haben, beschäftigen sich sehr oft hobbymässig mit einer anspruchsvollen Materie. Hinter einer undurchschaubaren Distanziertheit verbirgt sich viel Empfindung und Empfindsamkeit, die sich im Krebs vertieft, aber auch Ängstlichkeit oder Unsicherheit. Mit der Verbindung von Krebs und Schütze dürften Sie auch naturliebend sein und sich gerne in der Welt umsehen.

Aszendent Steinbock

Der Steinbock ist ein Verstandesmensch. Mit diesem Aszendenten könnten Spannungen entstehen, da Gefühl und Verstand oft im Widerstreit stehen. Hinzu kommt, dass der Steinbock ziemlich misstrauisch ist, etwas, das dem Krebs an sich eigentlich fremd ist. Der Steinbock ist pflichtbewusst, sesshaft, konservativ in seinen Ansichten und ist von deren Richtigkeit überzeugt. Da er auch gerne andere belehrt, wirkt er schulmeisterlich und rechthaberisch. Der Krebs mit dem Steinbock im Aszendenten sollte sich auch vor Eifersucht hüten und nach seinen Krebs-Eigenschaften graben und versuchen, diese zu fördern. Doch das ist leichter gesagt als getan. Aber vielleicht gelingt's doch. Im Umgang mit Ihren Mitmenschen würde es vieles erleichtern.

Aszendent Wassermann

Der Wassermann ist ein Idealist. Da der Krebs gerne in einer Traumwelt lebt, könnte dies dazu führen, dass Sie mit dieser Kombination allzusehr in den Wolken schweben und an der Wirklichkeit vorbeileben. Sie könnten deshalb viele Enttäuschungen erfahren und von Ihren Mitmenschen nicht verstehen, dass sie so und nicht anders sind. Da Wassermann und Krebs jedoch ein Herz für die vom Schicksal benachteiligten und in Not lebenden Menschen haben, könnte sich diese Verbindung zum Wohle der Mitmenschen auswirken, falls Sie es nicht nur beim Bemitleiden bewenden lassen. Sie können zwar unterhaltend und geistreich sein, man wird Sie aber manchmal auch als Phantast apostrophieren. Der Drang des Wassermanns, wird Sie aus Ihrer Rückwärtsschau lösen oder Ihnen neue Dimensionen in beide Richtungen eröffnen.

Aszendent Fische

Krebs und Fische sind beide Wasserzeichen. Der Krebs ist ein Kardinalzeichen. In ihm Geborene sind aktiv, die Fische hingegen gehören zu den veränderlichen Zeichen. Sie sind fügsam, beeinflussbar. Dies wird auch der Krebs mit dem Fische-Aszendenten sein. Die Kombination der

beiden Zeichen wird sich harmonisch auswirken, doch werden vor allem solche Eigenschaften verstärkt, die zwar menschlich wertvoll und sympathisch sind, in einer leistungsorientierten Gesellschaft jedoch zuwenig gefragt sind und nicht viel zählen: Feinsinn, Einfühlungsvermögen, Rücksichtnahme, Friedfertigkeit, Herzlichkeit, Güte, Phantasie und künstlerische Begabung. Im Beruf wird es jedoch an Durchsetzungsvermögen, an Härte und Willenskraft fehlen. Sie brauchen einen Partner, der Sie unauffällig anzuspornen und zu lenken versteht.

Wer passt zum Krebs-Typ

Wenn wir hier eine Charakterisierung der Beziehungen verschiedener Tierkreistypen zueinander aufzuzeigen versuchen, dann müssen wir gerade an dieser Stelle noch einmal mit aller Deutlichkeit betonen, dass sich kein Mensch auf ein Tierkreiszeichen hundertprozentig fixieren lässt. Aszendent und andere Einflüsse, auch solche ausserhalb der Astrologie, spielen eine grosse Rolle. Ein ausführliches Partnerschaftshoroskop, wie Sie es zu relativ günstigen Bedingungen durch verschiedene Institute erhalten können, kann allerdings in vielen Fällen nützlich sein. Aber letztlich entscheiden über Glück oder Unglück in einer zwischenmenschlichen Beziehung doch auch Faktoren wie Liebe, Gefühle, Wille, Ehrlichkeit sich selber und den andern gegenüber, welche die uns «von den Sternen vorgezeichnet» erscheinenden Schwierigkeiten überwinden können. Ein gesunder Menschenverstand ist allemal besser als Angst und Leichtgläubigkeit.

Die folgenden Charakterisierungen können Ihnen keine Entscheidungen abnehmen, sollen Sie auch nicht beeinflussen, sondern Sie lediglich zum Nachdenken über sich selbst anregen und Ihnen in Erinnerung rufen, dass das Leben zu zweit eine Herausforderung ist, der wir uns täglich zu stellen haben. Denn es kommen immer zwei mehr oder weniger starke, aber immer ganze Persönlichkeiten zusammen. Und das Du hat immer, wenn auch nicht stets die gleichen Ansprüche wie das Ich, die es in jeder Partnerschaft zu respektieren gilt.

Widder

Krebs-Frau und Widder-Mann sind sehr verschieden. Der Widder ist in allem schnell, vorschnell vielleicht, und zu direkt, auch in der Liebe. Er wird unter Umständen Ihre Verletzlichkeit nicht verstehen können. Es braucht viel Liebe und Rücksichtnahme von beiden Seiten. Die Widder-Frau wird den Krebs-Mann recht schön fordern, ihn zur Aktivität antreiben. Wenn Sie manchmal den Eindruck erweckt, sie suche bei andern, was sie bei Ihnen nicht findet, vertrauen Sie ihr, sie steht zu Ihnen.

Stier

Der Stier – Mann oder Frau – ist für den Krebs ein guter Partner, mit dem sich auskommen lässt. Der Stier ist häuslich, gastfreundlich, hat Sinn für Geselligkeit, ist fürsorglich für die Familie, liebt alles Schöne und ist an Theater, Musik und bildenden Künsten interessiert, also alles, was sich der Krebs wünscht. Zudem ist der Stier treu, besonders wenn er sich in einer Verbindung wie der mit dem Krebs wohlfühlt.

Zwillinge

Die Art des Zwillings werden Sie mögen. Er wird Ihnen zwar manchmal ein bisschen verrückt vorkommen. Aber seine Einfälle werden Sie immer wieder überraschen. Langweilig wird es nie werden. Ähnlich ist es mit der Zwillinge-Frau. Sie wird Ihnen meist einen Schritt voraus sein, sich andern Menschen zuwenden, mit Männern flirten, den Eindruck, den sie macht, geniessen. Zuletzt sinkt sie erschöpft in Ihre Arme, froh, sich wieder bei Ihnen ausruhen zu dürfen.

Krebs

Zwei Krebs-Menschen werden sich theoretisch sicher verstehen, und ihre gemeinsamen Interessen werden sich im Zusammenleben positiv auswirken. Schwierigkeiten könnte es geben, wenn beide zur selben Zeit sich zurückziehen und sich ihrer Traurigkeit oder ihren Träumen hingeben und keines da ist, um den andern wieder in die Realität zurückzuholen.

Löwe

Als Krebs-Frau werden Sie den Löwe-Mann durchschauen und ihm sein Spielchen nicht verderben. Sie lassen ihn ruhig sein, der er sein will, der Erste und Beste. Von Ihnen braucht er die Liebe, von allen andern die Bewunderung. Für den Krebs-Mann wird es schwieriger sein, eine Löwe-Frau zu halten. Sie ist anspruchsvoll, und Sie müssen beinahe sich selbst verleugnen und aus sich herausgehen können.

Jungfrau

Das Jungfrau-Mädchen ist eher zaghaft. Aber auch Sie als Krebs-Mann wünschen sich ja nicht eine Frau, die Ihnen gleich beim erstenmal um den Hals fällt. Sie brauchen vielleicht viel Zeit, sich verstehen zu lernen. Sie werden sich gegenseitig mit einem Gefühl von Dankbarkeit lieben und glücklich sein. Einer Krebs-Frau hingegen ist der Jungfrau-Mann in vielen Fällen zu nüchtern. Er sieht nicht ein, dass es auch einmal schön sein kann zu träumen, und Sie verstehen nicht, dass man immer so vernünftig sein soll.

Waage

Die Waage-Frau ist charmant und sehr feminin. Sie möchte es allen Menschen recht machen. Ihre Unentschlossenheit wird Sie manchmal stören. Aber Sie wird Ihnen eine gute Frau sein und Sie in allen Dingen unterstützen. Der Waage-Mann wird die Krebs-Frau durch sein Wissen und sein ausgeglichenes Wesen beeindrucken. Ob er sie je ganz verstehen wird, ist fraglich, doch er wird ein verlässlicher Partner sein. Aber Sie dürfen ihn mit Ihrer Liebe nicht bedrängen, wenn er in einem seelischen Tief mit sich allein fertig werden will.

Skorpion

Der Skorpion-Mann wird Sie vielleicht faszinieren, und gerade das Andersartige an ihm wird Sie in Ihren Bann ziehen. Sie lieben seine Leidenschaft. Aber für Ihre

Verletzlichkeit wird er wenig Verständnis haben. Er wird es als Launenhaftigkeit taxieren und Sie vielleicht mit lauten Worten anfahren. Die Skorpion-Frau ist meistens attraktiv. Doch Sie müssen darauf gefasst sein, dass sie Ihnen ungeschminkt sagt, was sie denkt. Mit Urteilen über Ihre Freunde und Verwandten wird sie nicht zurückhalten. In der Liebe sind Skorpione besitzergreifend, eifersüchtig und werden Ihnen Fehltritte nie vergeben. Sie haben jedoch viel Sinn für die Familie.

Schütze

Mit einem Schütze-Mann werden Sie kein langweiliges Leben führen. Er ist mit seiner lebenslustigen Art überall beliebt. Doch er ist kein Leichtfuss. Er ist intelligent und ein guter Menschenkenner. Die Schütze-Frau versteht vielleicht nicht, dass Sie manchmal gerne träumen. Sie hat einen scharfen Intellekt und zuweilen auch eine scharfe Zunge. Aber man darf es ihr nicht übelnehmen. Sie hat's zwar schon so gemeint, aber es tut ihr leid, auch wenn sie's nicht zugibt. Die Forderungen, die sie an Sie stellt, stellt sie auch sich selber. Mit Mittelmässigkeit gibt sie sich nicht zufrieden.

Steinbock

Der Steinbock ist eher ein Junggesellentyp, ein bisschen schüchtern und unsicher. Für Sie als Krebs steht bei ihm das Streben nach materiellen Werten zu stark im Vordergrund, während er für Ihre wechselnden Gefühle wenig Verständnis aufbringt. Die Steinbock-Frau ist sachlich und nüchtern, wird für ein angenehmes Heim und Gäste besorgt sein, mit Zeit und Geld haushälterisch umgehen und Ihren Ehrgeiz anstacheln. Steinbock-Frau und Krebs-Mann werden sich leichter zueinander finden als umgekehrt.

Wassermann

Herr Wassermann wird Ihnen kaum die Zärtlichkeit, Liebe und Wärme schenken, die Sie erwarten. Er liebt es, Menschen zu analysieren, und gerade der Krebs-Frau wird er auseinandersetzen, was sie tun muss, um nicht so zu sein, wie sie ist. Aber nach seinem Rezept wären Sie dann halt eben kein Krebs mehr. Auch mit der Wassermann-Frau ist das Auskommen für einen Krebs-Mann nicht unbedingt leicht. Es könnte sein, dass Frau Wassermann Sie unterschätzt. Sie findet Sie zwar liebenswürdig, hat aber das Gefühl, höhere Anforderungen stellen zu dürfen. Aber vielleicht haben Sie einen Aszendenten, der ihren Bedürfnissen näherkommt.

Fische

Die Fische-Menschen gehören wie die Krebse einem Wasserzeichen an, aber sie sind sich viel näher verwandt als das dritte Wasserzeichen, der Skorpion. Für Mann und Frau gilt das gleiche: Sie haben ähnliche Eigenschaften, ein ähnliches Temperament und viele übereinstimmende Neigungen. Sie könnten keinen geduldigeren, einfühlsameren und verständigeren Partner finden als einen Fische-Menschen.

Tierkreiszeichen:	*Besonders gefährdet:*
Widder	Kopf
Stier	Hals, Nacken
Zwillinge	Arme, Hände
Krebs	Brüste, Magen
Löwe	Herz, Rücken
Jungfrau	Därme
Waage	Nieren, Lenden
Skorpion	Unterleib
Schütze	Schenkel, Hüften
Steinbock	Knie
Wassermann	Waden
Fische	Füsse

Der Krebs und seine Gesundheit

Obwohl jeder Mensch sozusagen von jeder Krankheit befallen werden kann, zeigt die Erfahrung, dass jedes Tierkreiszeichen seine spezifischen Schwachstellen hat. Bei Ihnen ist dies, wie wir schon gesehen haben, der Magen. Weil Sie so sensibel sind, schlägt Ihnen buchstäblich alles auf den Magen. Schon in der Jugend haben sich die Schelte der Eltern oder Lehrer, schlechte Noten oder die Angst vor einer schlechten Leistung auf den Magen ausgewirkt. Sie brachten dann keinen Bissen mehr hinunter, oder Ihr Magen hat sich sogar umgekehrt. Auch jetzt noch ist es ähnlich. Und wenn es Ihnen gut geht, verschlingen Sie Süssigkeiten, Törtchen. Das können Sie aber auch, wenn Ihnen eine Laus über die Leber gelaufen ist. Nur eben, für Ihre so empfindlich reagierenden Magennerven ist das nicht gerade das richtige. Die meisten Ihrer Krankheiten hängen mit Ihrem seelischen Zustand zusammen. Schauen Sie deshalb, dass Ihre angeborene Fröhlichkeit Ihnen rasch über jedes Tief hinweghilft.

Farben und Edelsteine

Die Farben des Krebses sind Meergrün und milchiges Weiss.
Den Edelsteinen werden besondere Kräfte zugeschrieben. Sie sollen dem Besitzer oder Träger Glück oder Unglück bringen. Wir wollen hier jedoch nicht auf diese geheimnisvollen Kräfte eingehen und es Ihnen überlassen, ob Sie irgendeine Vorliebe haben oder eine Beziehung finden, falls Sie überhaupt eine solche suchen. Auch wenn Sie nicht daran glauben, finden Sie es vielleicht hübsch, wenn Sie bei der Wahl eines Schmuckstücks gerade den zum Krebs «passenden» Stein finden. Den verschiedenen Dekaden (erste, mittlere und letzte zehn Tage des Tierkreiszeichens) werden verschiedene Steine zugeordnet, wobei der Stein der ersten Dekade in der Regel auch für das ganze Zeichen gilt.
Die Steine des Krebses sind der grüne Smaragd für die erste, der Opal für die zweite und der milchigweisse Mondstein für die dritte Dekade.
Das Bild zeigt verschiedene Smaragde in roher und geschliffener Form.

Abschliessende Bemerkungen

Lieber Leser – langsam nähern wir uns dem Ende. Wir hoffen, dass Ihnen die Lektüre Freude gemacht hat und Sie manches auf sich beziehen konnten, auch wenn wir aus den schon erwähnten Gründen keine hundertprozentig zutreffende Charakteristik geben konnten, da jeder Mensch ein einzigartiges Wesen ist, das sich von jedem andern unterscheidet.
Auf die Konstellation der Planeten bei Ihrer Geburt kann ein solches Buch natürlich nicht eingehen. Unsere Feinaufgliederung ging nicht weiter als bis zu den Aszendenten. Gehen wir aber zum Abschluss zurück über die zwölf Tierkreiszeichen bis zu den vier Gruppen der Elemente. Die drei Zeichen eines Elements zeigen unter sich eine gewisse Verwandtschaft, und doch unterscheiden sie sich auch wieder, weil jedes von einem andern Planeten regiert wird und je eines zu den kardinalen, festen oder beweglichen Zeichen gehört:

Feuer:	Widder/kardinal/Mars
	Löwe/fest/Sonne
	Schütze/veränderlich/Jupiter
Erde:	Stier/fest/Venus
	Jungfrau/veränderlich/Merkur
	Steinbock/kardinal/Saturn
Luft:	Zwillinge/veränderlich/Merkur
	Waage/kardinal/Venus
	Wassermann/fest/Uranus
Wasser:	Krebs/kardinal/Mond
	Skorpion/fest/Pluto
	Fische/veränderlich/Neptun

Für die Krebs-Typen bedeutet dies:
Wasser: Gefühl, Empfindung, Intuition, abhängig von Stimmungen.
kardinal: beweglich, aktiv, lernfreudig.
Mond: Der Mond steht als Symbol für Seele, Gefühl, Empfindung, Unterbewusstsein, Veränderlichkeit.
Wenn Sie sich über ein anderes Tierkreiszeichen wie über Ihr eigenes orientieren oder jemandem ein ähnliches Buch über sein Zeichen schenken möchten, dann stehen Ihnen in der Astro-Vitrine weitere elf Bändchen zur Verfügung. Sie werden darin allerdings den ersten allgemeinen Teil wiederfinden. Sie werden gewiss verstehen, dass wir auch den in andern Tierkreiszeichen Geborenen den kleinen Überblick über die Astrologie bieten möchten. Durch diese «Doppelspurigkeit» konnten wir Ihnen das Buch verhältnismässig günstig anbieten – was Sie sicher zu schätzen wissen. Doch nun sind Sie wohl noch neugierig zu erfahren, in welch illustrer Gesellschaft Sie sich als Krebs-Mensch befinden. Bei der Zusammenstellung unserer kleinen Galerie berühmter Krebse haben wir übrigens festgestellt, dass im Krebs-Zeichen sich überdurchschnittlich viele Maler befinden, während Komponisten, Militärpersonen und Sportler weniger als im Durchschnitt aller Zeichen vertreten sind. Die Zahl der Schriftsteller, Schauspieler und Naturwissenschaftler hält sich etwa im Durchschnitt.

Galerie berühmter «Krebse»

Sie werden vielleicht erstaunt sein, diesen oder jenen Namen unter diesem Zeichen zu finden oder auch den Angehörigen eines für die Krebse untypischen Berufs. Aber vergessen Sie nicht, dass auch das Zeichen, das dem Krebs vorausgeht oder folgt, über einige Tage hinweg einen gewissen Einfluss ausüben kann und dass vor allem auch Aszendent und Meridian eine grosse Rolle spielen.

22. Juni	*Billy Wilder,* am. Filmregisseur
23. Juni	*Jean Anouilh,* frz. Schriftsteller
24. Juni	*Claude Chabrol,* frz. Filmregisseur
	Kurt Furgler, schweiz. Bundesrat
25. Juni	*Ingeborg Bachmann,* öst. Lyrikerin
	George Orwell, engl. Schriftsteller
26. Juni	*Stefan Andres,* dt. Schriftsteller
	Pearl S. Buck, am. Schriftstellerin
27. Juni	*Helen Keller,* am. blinde und taubstumme Schriftstellerin und Sozialreformerin
	Anna Moffo, am. Opernsängerin
28. Juni	*Claus Biederstädt,* dt. Schauspieler
	Luigi Pirandello, it. Schriftsteller
	Peter Paul Rubens, fläm. Maler
29. Juni	*Anne-Sophie Mutter,* schweiz. Violinistin
	Antoine de Saint-Exupéry, frz. Schriftsteller und Pilot
30. Juni	*Peter Alexander,* öst. Sänger
	Georges Duhamel, frz. Schriftsteller
	Walter Ulbricht, dt. Politiker (DDR)
1. Juli	*Louis Blériot,* frz. Flugpionier
	Charles Laughton, am. Schauspieler
	Georges Sand, frz. Schriftstellerin
	Cat Stevens, engl. Musiker
2. Juli	*Christoph Willibald Gluck,* dt. Komponist
	Hermann Hesse, dt.-schweiz. Dichter
3. Juli	*Franz Kafka,* öst. Schriftsteller
	Walter Roderer, schweiz. Schauspieler, Kabarettist
	Ferdinand Sauerbruch, dt. Chirurg

4. Juli	*Louis Armstrong,* am. Jazz-Trompeter und -Sänger
	Giuseppe Garibaldi, it. Freiheitskämpfer
	Christian Fürchtegott Gellert, dt. Dichter
	Gina Lollobrigida, it. Filmschauspielerin
5. Juli	*Jean Cocteau,* frz. Dichter und Filmregisseur
	Anke Fuchs, dt. Politikerin
	Edouard Herriot, frz. Politiker
	Felix Timmermans, belg. Schriftsteller
6. Juli	*Vladimir Ashkenazy,* russ. Pianist
	Heinrich Harrer, öst. Naturforscher
	Bill Haley, am. «Vater des Rock'n'Roll»
7. Juli	*Marc Chagall,* russ. Maler
	Vittorio De Sica, it. Schauspieler und Regisseur
	Ludwig Ganghofer, dt. Schriftsteller
	Gustav Knuth, dt. Schauspieler
	Gustav Mahler, öst. Komponist
8. Juli	*Ernst Bloch,* dt. Philosoph
	Käthe Kollwitz, dt. Grafikerin
	Jean de la Fontaine, frz. Fabeldichter
	Nelson Rockefeller, am. Politiker
	Walter Scheel, dt. Bundespräsident
	Ferdinand Graf Zeppelin, dt. Luftschiffkonstrukteur
9. Juli	*Edward Heath,* brit. Premierminister
10. Juli	*Stefan Askenase,* belg.-poln. Pianist
	Johannes Calvin, Genfer Reformator
	Giorgio de Chirico, it. Maler
	Carl Orff, dt. Komponist
	Camille Pissarro, frz. Maler
11. Juli	*Yul Brynner,* am. Filmschauspieler
	Herbert Wehner, dt. Politiker
	Ilse Werner, Schauspielerin und Moderatorin
12. Juli	*George Eastman,* am. Erfinder und Unternehmer (Kodak)
	Stefan George, dt. Lyriker
	Amedeo Modigliani, it. Maler
	Pablo Neruda, chilen. Lyriker
13. Juli	*Jeanne Hersch,* schweiz. Philosophin
	Simone Veil, frz. Politikerin
14. Juli	*Ingmar Bergman,* schwed. Filmregisseur
	Karel Gott, tschech. Sänger
	Gustav Klimt, öst. Maler
15. Juli	*Rembrandt,* niederl. Maler

16. Juli	*Roald Amundsen,* norw. Forscher
	Camille Corot, frz. Maler
17. Juli	*Franz Alt,* dt. Journalist
18. Juli	*Andrei Gromyko,* sowjet. Politiker
	Ricarda Huch, dt. Schriftstellerin
	Georg Kreisler, öst. Kabarettist
19. Juli	*Archibald Joseph Cronin,* engl. Schriftsteller und Arzt
	Herbert Marcuse, am. Sozialphilosoph
20. Juli	*Paul Hubschmid,* schweiz. Schauspieler
	Max Liebermann, dt. Maler
21. Juli	*Lovis Corinth,* dt. Maler
	Hans Fallada, dt. Schriftsteller
	Ernest Hemingway, am. Schriftsteller
	Annelies Kupper, öst. Kammersängerin
22. Juli	*Alexander Calder,* am. Plastiker

Seite 55	*Peter Paul Rubens, geb. am 28. Juni 1577*
	«Porträt seines Sohnes Nikolaus»
Seite 56	*Jeanne Hersch, geb. am 13. Juli 1911*

Berechnen Sie selbst Ihren Aszendenten

Voraussetzung dazu ist, dass Sie Ihre Geburtszeit kennen. Für Deutschland, Österreich und die Schweiz gilt einheitlich die Mitteleuropäische Zeit (MEZ). Da in dieser Zeitzone nur gerade für die auf dem Meridian von Görlitz liegenden Orte um 12.00 Uhr die Sonne genau im Zenit steht, ist für alle andern Orte eine Zeitkorrektur nötig. Wer also z. B. in Danzig (östlich des Görlitz-Meridians) geboren wurde, als die Uhr 12.00 zeigte, ist in Wirklichkeit um 12.15 Ortszeit geboren. Wäre er um die gleiche Uhrzeit in Essen geboren, dann hätte dort die Ortszeit 11.28 betragen.

In den nachstehenden Listen sind einige Städte aufgeführt mit der jeweiligen Zeitdifferenz, die zu Ihrer Geburtszeit zuzuzählen (+) oder von ihr abzuziehen (–) ist. Wurden Sie in keiner dieser Städte geboren, dann nehmen Sie die Differenz der nächstgelegenen Stadt oder interpolieren Sie zwischen zwei Städten, zwischen denen Ihr Geburtsort liegt. Die Differenz ist jeweils in Minuten angegeben.

Deutschland

Aachen	–35	Heidelberg	–25
Augsburg	–16	Jena	–14
Berlin	– 6	Kassel	–22
Bonn	–31	Kiel	–19
Braunschweig	–18	Köln	–32
Bremen	–25	Königsberg	+22
Breslau	+ 8	Konstanz	–23
Chemnitz	– 8	Leipzig	–10
Danzig	+15	Lübeck	–17
Dresden	– 5	Magdeburg	–13
Düsseldorf	–33	Mainz	–27
Essen	–32	Mannheim	–26
Frankfurt/M.	–25	München	–14
Frankfurt/O.	– 2	Nürnberg	–16
Freiburg i. Br.	–29	Regensburg	–12
Halle	–12	Saarbrücken	–32
Hamburg	–20	Stuttgart	–23
Hannover	–21	Würzburg	–20

Österreich

Bregenz	– 21	Salzburg	– 8
Graz	+ 2	Wien	+ 5
Innsbruck	– 14	Klagenfurt	– 3
Linz	– 3	Villach	– 5

Schweiz

Aarau	– 28	Lausanne	– 34
Basel	– 30	Lugano	– 25
Bern	– 31	Luzern	– 27
Brig	– 28	Neuenburg	– 33
Chur	– 22	Schaffhausen	– 26
Freiburg	– 32	St. Gallen	– 23
Genf	– 34	Zürich	– 26

Sommerzeit
Wer in den Kriegsjahren geboren wurde, muss darauf achten, ob damals die Sommerzeit galt. Wurden Sie innerhalb der Sommerzeit geboren, so müssen Sie von Ihrer Geburtszeit eine Stunde abziehen.

Sommerzeit in Deutschland und Österreich

1916	30. April	bis	1. Oktober
1917	16. April	bis	17. September
1918	15. April	bis	16. September
1940/42	1. April 1940	bis	2. November 1942
1943	29. März	bis	3. Oktober
1944	3. April	bis	7. Oktober
1945	2. April	bis	16. September
1946	14. April	bis	7. Oktober
1947	6. April	bis	5. Oktober
			(davon vom 11. Mai bis 29. Juni minus 2 Stunden)
1948	18. April	bis	3. Oktober
1949	10. April	bis	2. Oktober (Ostzone bis 18. November)

Sommerzeit in der Schweiz

1941	5. Mai	bis	6. Oktober
1942	4. Mai	bis	5. Oktober

Sommerzeit ab 1980

in Deutschland, Österreich und in der Schweiz

1980 wurde in Deutschland und Österreich wieder die Sommerzeit eingeführt, in der Schweiz erst ab 1981:

1980	30. März	bis	28. September
1981	29. März	bis	27. September
1982	28. März	bis	26. September
1983	27. März	bis	25. September
1984	25. März	bis	30. September
1985	31. März	bis	29. September
1986	30. März	bis	28. September
1987	29. März	bis	27. September
1988	27. März	bis	25. September

und in den folgenden Jahren jeweils vom letzten Sonntag im März bis zum letzten Sonntag im September.

jeweils ab 2.00 Uhr jeweils bis 3.00 Uhr

Berechnung

Nun können wir die Berechnung vornehmen. Dazu benötigen wir die Sternzeit, die in der Tabelle 1 angegeben ist. Als Beispiel diene uns eine Geburt vom 7. Juli 1944 um 19.17 Uhr in Braunschweig.

Geburtszeit	19 h 17 min
Differenz zur Ortszeit	– 0 h 18 min
	18 h 59 min
am 7. 7. 44 war Sommerzeit	– 1 h 00 min
Ortszeit	17 h 59 min
Sternzeit vom 7. Juli	+ 18 h 58 min
	36 h 57 min
wenn über 24 h	– 24 h 00 min
Sternzeit der Geburt	12 h 57 min

Nun kommt es noch auf die nördliche Breite des Geburtsortes an. Die Abweichungen sind allerdings klein. Wir nehmen eine Einteilung in Norddeutschland, in Mitteldeutschland, in Süddeutschland und Österreich sowie die Schweiz vor. Braunschweig liegt etwa auf der gleichen Breite wie Hannover, das Sie in Tabelle 2b finden. Somit gilt für die Geburt unseres Beispiels das Aszendentzeichen Schütze.

Tabelle 1

Sternzeit

Tag	Jan.	Febr.	März	April	Mai	Juni	Juli	Aug.	Sept.	Okt.	Nov.	Dez.
	h m	h m	h m	h m	h m	h m	h m	h m	h m	h m	h m	h m
1	6 34	8 38	10 33	12 36	14 33	16 36	18 34	20 37	22 39	0 37	2 39	4 38
2	6 40	8 42	10 37	12 40	14 37	16 40	18 38	20 41	22 43	0 41	2 43	4 42
3	6 44	8 46	10 40	12 44	14 41	16 43	18 42	20 45	22 47	0 45	2 47	4 46
4	6 48	8 50	10 44	12 48	14 45	16 47	18 46	20 49	22 51	0 49	2 51	4 50
5	6 52	8 54	10 48	12 52	14 49	16 51	18 50	20 53	22 55	0 53	2 55	4 54
6	6 56	8 58	10 52	12 55	14 53	16 55	18 54	20 57	22 59	0 57	2 59	4 57
7	7 00	9 02	10 56	12 58	14 57	16 59	18 58	21 00	23 03	1 01	3 03	5 01
8	7 04	9 06	11 00	13 02	15 01	17 03	19 02	21 04	23 07	1 05	3 07	5 05
9	7 08	9 10	11 04	13 06	15 05	17 07	19 06	21 08	23 11	1 09	3 11	5 09
10	7 12	9 14	11 08	13 10	15 09	17 11	19 10	21 12	23 14	1 13	3 15	5 13
11	7 15	9 18	11 12	13 14	15 13	17 15	19 14	21 16	23 18	1 17	3 19	5 17
12	7 19	9 22	11 16	13 18	15 17	17 19	19 18	21 20	23 22	1 21	3 23	5 21
13	7 23	9 26	11 20	13 22	15 21	17 23	19 22	21 24	23 26	1 25	3 27	5 25
14	7 27	9 30	11 24	13 26	15 24	17 27	19 26	21 28	23 30	1 29	3 31	5 29
15	7 31	9 33	11 28	13 30	15 28	17 31	19 30	21 32	23 34	1 32	3 35	5 33
16	7 35	9 37	11 32	13 34	15 32	17 34	19 34	21 36	23 38	1 36	3 39	5 37
17	7 39	9 41	11 36	13 38	15 36	17 38	19 38	21 40	23 42	1 40	3 43	5 41
18	7 43	9 45	11 40	13 42	15 40	17 42	19 42	21 44	23 46	1 44	3 47	5 45
19	7 47	9 49	11 44	13 46	15 44	17 46	19 46	21 48	23 50	1 48	3 50	5 49
20	7 51	9 53	11 48	13 50	15 48	17 50	19 49	21 52	23 54	1 52	3 54	5 53
21	7 55	9 57	11 52	13 54	15 52	17 54	19 53	21 56	23 58	1 56	3 58	5 57
22	7 59	10 01	11 55	13 58	15 56	17 58	19 57	22 00	0 02	2 00	4 02	6 01
23	8 03	10 05	11 58	14 02	16 00	18 02	20 02	22 04	0 06	2 04	4 06	6 05
24	8 07	10 09	12 02	14 06	16 04	18 06	20 06	22 08	0 10	2 06	4 10	6 09
25	8 11	10 13	12 06	14 10	16 08	18 10	20 10	22 12	0 14	2 12	4 14	6 13
26	8 15	10 17	12 10	14 14	16 12	18 14	20 14	22 16	0 18	2 16	4 18	6 17
27	8 19	10 21	12 14	14 18	16 16	18 18	20 18	22 20	0 23	2 20	4 22	6 21
28	8 23	10 25	12 18	14 22	16 20	18 22	20 22	22 24	0 26	2 24	4 26	6 24
29	8 26	10 29	12 22	14 26	16 24	18 26	20 26	22 27	0 30	2 28	4 30	6 28
30	8 30		12 26	14 29	16 28	18 30	20 30	22 31	0 34	2 32	4 34	6 32
31	8 34		12 30		16 32		20 33	22 35		2 36		6 36

Tabelle 2

a) Norddeutschland

Bremen, Hamburg, Kiel, Lübeck, Oldenburg

Löwe	0 h 07 – 3 h 04	Wassermann	16 h 10 – 17 h 14
Jungfrau	3 h 04 – 6 h 00	Fische	17 h 14 – 18 h 00
Waage	6 h 00 – 8 h 56	Widder	18 h 00 – 18 h 46
Skorpion	8 h 56 – 11 h 52	Stier	18 h 46 – 19 h 50
Schütze	11 h 52 – 14 h 27	Zwillinge	19 h 50 – 21 h 33
Steinbock	14 h 27 – 16 h 10	Krebs	21 h 33 – 0 h 07

b) Mitteldeutschland

Berlin, Bonn, Düsseldorf, Essen, Frankfurt, Hannover, Kassel, Köln, Mainz

Löwe	0 h 21 – 3 h 10	Wassermann	15 h 57 – 17 h 06
Jungfrau	3 h 10 – 6 h 00	Fische	17 h 06 – 18 h 00
Waage	6 h 00 – 8 h 49	Widder	18 h 00 – 18 h 54
Skorpion	8 h 49 – 11 h 40	Stier	18 h 54 – 20 h 02
Schütze	11 h 40 – 14 h 10	Zwillinge	20 h 02 – 21 h 51
Steinbock	14 h 10 – 15 h 57	Krebs	21 h 51 – 0 h 21

c) Süddeutschland und Österreich

Augsburg, Bamberg, Esslingen, Freiburg, Mannheim, München, Nürnberg, Regensburg, Saarbrücken, Stuttgart, Trier, Tübingen, Ulm

Löwe	0 h 33 – 3 h 16	Wassermann	15 h 45 – 17 h 01
Jungfrau	3 h 16 – 6 h 00	Fische	17 h 01 – 18 h 00
Waage	6 h 00 – 8 h 43	Widder	18 h 00 – 18 h 59
Skorpion	8 h 43 – 11 h 27	Stier	18 h 59 – 20 h 15
Schütze	11 h 27 – 13 h 55	Zwillinge	20 h 15 – 22 h 05
Steinbock	13 h 55 – 15 h 45	Krebs	22 h 05 – 0 h 33

d) Schweiz

Löwe	0 h 35 – 3 h 17	Wassermann	15 h 43 – 17 h 00
Jungfrau	3 h 17 – 6 h 00	Fische	17 h 00 – 18 h 00
Waage	6 h 00 – 8 h 43	Widder	18 h 00 – 19 h 00
Skorpion	8 h 43 – 11 h 25	Stier	19 h 00 – 20 h 17
Schütze	11 h 25 – 13 h 53	Zwillinge	20 h 17 – 22 h 08
Steinbock	13 h 53 – 15 h 43	Krebs	22 h 08 – 0 h 35

Bildquellen

Seite 2 Faksimile-Verlag, Luzern. Wiedergabe aus der Faksilmile-Edition «Les Très riches Heures du Duc de Berry», 1984

Seite 8: Dr. Seifert, Murnau. Ausschnitt aus einem griechischen Grabstein, um 400 v. Chr.

Seite 11: Deutsches Museum München. Kolorierter Holzschnitt aus Astronomicum Caesarum, 1540

Seite 15: Uhr am Zuger Zytturm

Seiten 22, 23: Farbdia-Archiv Edmond Van Hoorick, Richterswil

Seite 26: Kantonsbibliothek Aarau

Seite 35: Silvestris/Kastl

Seiten 38/39: K. Kitamura, Chexbres

Seiten 43 und 46/47: Farbdia-Archiv Edmond Van Hoorick, Richterswil

Seite 44: Silvestris, Kastl/Daily Telegraph. Mond, von Apollo aus gesehen

Seite 50: Badische Landesbibliothek Karlsruhe. Aderlassmännlein aus einem deutschen Kalender des 15. Jahrhunderts

Seite 51: A. Ruppenthal GmbH & Co KG, Edelsteinschleiferei, Idar-Oberstein. Aus: «Handbuch für Edelsteine und Mineralien»

Seite 55: Graphische Sammlung Albertina, Wien

Seite 56: Bild+News, Zürich

Seite 58: Silvestris, Kastl/Prenzel. Mondnacht am Rhein.

AT Verlag Aarau/Schweiz
Umschlag:
Atelier Gmeiner, Walzenhausen
Gesamtherstellung:
Grafische Betriebe
Aargauer Tagblatt AG, Aarau
Printed in Switzerland

ISBN 3-85502-284-4